中公文庫

四季のうた

天女の雪蹴り

長谷川 櫂

中央公論新社

天女の雪蹴り

コロナ第三波渦中《かちゅう》の十一月半ば、富士山の麓の裾野市で「しずおか連詩の会」（主催：静岡県文化財団、静岡県）が開かれた。連詩というのは詩人の大岡信《おおおかまこと》が連歌、連句（歌仙）にならってはじめた詩の共同制作である。連衆《れんじゅ》（参加者）が前の詩を受けて五行、三行の詩を次々に四十編つらねる。二十一回目の今年は主宰者の野村喜和夫《のむらきわお》（詩人）、三浦雅士《みうらまさし》（批評家）、巻上公一《まきがみこういち》（詩人、ミュージシャン）、マーサ・ナカムラ（詩人）、私（俳人）の五人が参加した。

題して「天女の雪蹴《ゆきけ》りの巻」。全編を紹介できればいいのだが、その中の何編か掲げておきたい。

九

丁寧な逆立ちでユーラシアを越え
猛烈に団栗《どんぐり》が降るタイガを眺めて
つるし雲の故郷《ふるさと》に辿《たど》り着く
デロレン祭文《さいもん》　デロレン　デロレン　デロレン
たぶん人間じゃないんだろう

公一

二十五

みな鰻を食ひに行つてしまつた夜更け、独り詠《うた》へる。その昔ポンタリエの田舎でabsinthe《アブサン》の旧醸造所を見学したことがある。とある農家の納屋の片隅にガラスの蒸留器が埃《ほこり》をかぶつてゐるだけ。苦蓬《ニガヨモギ》で造るこの高貴な緑の酒は溺れれば中毒となり、やがては死に至る。人いはく忘憂の 精《スピリット》。酔ひの波間に命もろとも憂ひよ、さらば。

櫂

二十七
ほんとうのことを言おうか
君は死んでも　君の記憶は残る
何千万年も経ってから　時空博士が発掘するのさ
世界はたったひとつしかないけれど
何億何兆の記憶がいまも夜空を埋め尽くしているってわけさ

雅士

三十一
(出生の秘密)
昼顔を摘むと
雨が降る
傷口に水が滲《にじ》む
雨は昼顔を知らないと云う

マーサ

三十九

あれは何だったのでしょう
私たち 稀《まれ》であり束の間の
閾《しきい》のうえで 焼きあがった人の骨を拾い上げ
骨壺に落としたときの カリッと乾いた音 輝かしい白
彼岸も転生《てんしょう》も約束されない 稀であり束の間の

喜和夫

三日間にわたる連詩の制作はネットでの参加も交え、最終日の発表は客席を半分にした。しかしながらコロナによる制約にもかかわらず言葉の糸は紡がれつづける。

四十

動いていないように見えた雲が
じつはゆっくり動いていることに気づいた
地球は回る 風が吹く いまも

雅士

まさに最後の詩の最後の行のとおり「地球は回る　風が吹く　いまも」、そしてこれからも。

『四季のうた　天女の雪蹴り』は『四季のうた』の第十三集である。二〇一八年四月から二〇一九年三月までの一年間、読売新聞に連載した詩歌コラム「四季」を収録した。

連載と刊行に際しては読売新聞文化部の佐々木亜子記者、写真部の本田元記者、編成部、中央公論新社の宇和川準一さん、装丁家の間村俊一さんにお世話になった。心よりお礼を申し上げます。

二〇二〇年小雪

長谷川　櫂

目次——二〇一八年四月〜二〇一九年三月

四季のうた　天女の雪蹴り

二〇一八年四月 ― 二〇一九年三月

◎四月

遅き日や谺《こだま》聞《きこゆ》る京の隅

蕪　村

『蕪村全集』ぶそん・1716－83

春の夕暮れ、京の町中の家で、どこから返るとも知れぬ谺に耳を傾けている。蕪村だけに聞こえる幻の谺だろう。蕪村の句には失われた京の空気が今も漂っている。『蕪村全集』の春の十句を案内にして十八世紀の京周辺をさまよいたい。

春雨の中を流るゝ大河哉《かな》

蕪　村

『蕪村全集』ぶそん・1716－83

春半ば、音もなく降りつづく細やかな雨が春雨。その春雨と大河の二つだけで構成された一句。この単純極まりない作りからどんよりとした春の大景が浮かび上がる。蕪村にとって大河といえば京と大坂を結ぶ淀川。

おぼろ月大河をのぼる御舟かな

蕪村

『蕪村全集』ぶそん・1716−83

灯をともした一艘《そう》の舟が朧月夜《おぼろづきよ》の川面を滑ってゆく。御舟《ぎょしゅう》というからには、やんごとない方を乗せた舟なのだろう。それも夜、お忍びの遠出でもあるか。昔、大坂から京へ淀川を舟で上るには岸から綱で舟を曳《ひ》いた。

菜の花やみな出はらひし矢走舟

蕪村

『蕪村全集』ぶそん・1716−83

琵琶湖の東岸、矢橋（草津市）と大津を結ぶ舟が矢走舟《やばせぶね》。かつては東海道の近道だった。きょうはみな出払って一艘も残っていない。あたりはいちめんの菜の花。「矢、走る」と書けば矢のように進む舟が想像される。

ふためいて金の間を出る燕かな

蕪村

『蕪村全集』ぶそん・1716－83

すいと飛びこんでみたものの、何だ？　この部屋は。金ピカじゃないか。くるりと翼をひるがえすと、さっと退散。障壁画に飾られた御殿に迷いこんだ燕《つばめ》の驚き。そのあわてぶりによって金の間がいよいよ照り輝く。

柳から日のくれかゝる野路哉《のみちかな》

蕪村

『蕪村全集』ぶそん・1716－83

枝垂れ柳の芽がほころんで、春が長《た》けてゆくとともに青柳に変わってゆく。野道に立つ、そのころの柳である。緑に染まった枝々の間から夕暮れてゆく。髪をふりかぶるような樹塊から夕闇があふれ出ているのだ。

風吹ぬ夜はもの凄き柳かな　　蕪村

『蕪村全集』ぶそん・1716－83

夜の嵐に揉《も》まれる柳はきっともの凄《すご》いにちがいない。その点、この句は読者の意表をつく。「風吹《ふか》ぬ夜」というのだから。しかし、なるほど嵐の柳より無風の柳のほうが、もの凄いにちがいないと納得させるところがある。

さくら一木《ひとき》春に背けるけはひ哉《かな》　　蕪村

『蕪村全集』ぶそん・1716－83

野原にぽつねんと咲く一本の桜。その姿に春に背く風情があるというのだ。「春に背く」とは野山の春に背を向けてということだろうか。一本の桜に、たとえば西行法師のような世捨て人の姿を見ているのにちがいない。

春をしむ人や榎にかくれけり

蕪　村

『蕪村全集』ぶそん・1716－83

なぜ榎《えのき》なのか。答えにはたと気づいて笑ってしまう。木偏に夏、榎の字には夏が隠れている。行く春を惜しんでいるうちに夏になってしまったといっているのだ。「椿《つばき》にかくれけり」では句にならない。悠然たる言葉遊び。

行春《ゆくはる》のいづち去《いに》けむかゝり舟

蕪　村

『蕪村全集』ぶそん・1716－83

「かゝり舟」は沖に停泊中の舟。沖の舟がいつの間にか姿を消すように、今年の春も行ってしまった。さてどこへ行ったのだろうか。一句のあとに郷愁に染まる海と空の景色が広がる。蕪村は行く春の風情によく合う。

わたし自身もまた
それらの灰の上で亡《ほろ》びさる
無欲さに徹しているからだ

大岡信

『大岡信全詩集』おおおかまこと・1931－2017

昨年四月五日に死去した詩人の「炎のうた」の一節。「わたし」は炎の自称だが、死後に読めば大岡自身であったことが知られる。かつてジュリエット・グレコがこの詩をシャンソンにして歌ったことがあった。

影みれば波の底なるひさかたの空漕《こ》ぎわたる我ぞわびしき

紀貫之

『土佐日記』きのつらゆき・872?－945?

紀貫之は平安初期の大歌人、『古今和歌集』の撰者《せんじゃ》。この歌は赴任地の土佐から都へ上る船旅を描く『土佐日記』から。波間に浮かぶ月を見て、夜空を船で渡ってゆくようだというのだ。千百年前の一人の日本人が感じた宇宙的な孤独。

昔見し象の小川を今見ればいよよさやけくなりにけるかも　大伴旅人

『万葉集』巻三　おおとものたびと・665－731

二十四歳で即位した聖武天皇の吉野行幸に随行し、勅命を受けて詠んだ歌。象《きさ》の小川は喜佐谷を流れる小川。前来たときよりもっと清らかな音を立てているよ。若き天皇の治世をたたえる。千三百年も昔の晩春のできごと。

鍵穴をのぞけば永遠の紫雲英原《げんげ》　東蕾

『天青』ひがしつぼみ・1952－

穴の向こうには別の世界が広がっている。ときには不思議の国であったり失われた桃源郷であったりする。それは人類共通の妄想のようだ。この句の場合、「永遠の」が曲者《くせもの》。いつでも帰れそうだが、永遠に帰れない場所。

子を生みし地へ息けぶる雪解川

藤原喜久子

『鳩笛《はとぶえ》』ふじわらきくこ・1929－

俳句にかぎらず文学を書くということは作中人物になりきることである。それは人ではなく物であることもある。この作者は故郷の雪解川になりきっている。もうもうと息をけぶらせているのは作者自身なのだ。

夢殿をまた通り過ぐ春の夢

塩野谷仁

『夢祝《ゆめいわい》』しおのやじん・1939－

法隆寺の夢殿。建築的にもおもしろい八角形のお堂だが、言葉にかかわる者にとっては、まずこの名に魅了される。夢殿の内部の暗闇を通って夢はどこかへと行くのだ。夢を見ている人は夢の中でその行方を追っている。

ありったけの地獄と言えど生きのびて礎《いしじ》をなぞる白髪の女《ひと》

玉城寛子

『島からの祈り』たましろひろこ・1945－

一九四五年三月、沖縄は戦場になった。その日から敗戦後の九月まで数多くの命が失われた。二十四万人を超える沖縄戦の死者の名を記す「平和の礎」。「ありったけの地獄」を生き延びられなかった人々の名簿。

記憶中枢に鬱然《うつぜん》と夜の白雲　世界全くほろびしのちも

金川宏

『揺れる水のカノン』かながわひろし・1953－

記憶中枢といえば、ふつう人間の脳だが、世界が滅んだあとに人間がいるはずがない。とすれば宇宙そのものの記憶中枢だろうか。人類のいない夜空に湧き上がる真白な雲。不気味だが甘美でもある光景。

燃ゆる頬花よりおこす誕生日

寺山修司

『寺山修司俳句全集』てらやましゅうじ・1935−83

花の香りに噎《む》せるような句である。季語の花は桜だが、ここではクローバーやレンゲ草のように大地に生え広がる花だろう。少年はそこにうつ伏せていたのだ。誕生日もフィクション。寺山は十二月十日生まれ。

春のフェリー大口を開け接岸す

草場白岬

『成木責《なりきぜめ》』くさばはくこう・1933−

あくびでもするようにフェリーが大きな口を開ける。厳島神社のある宮島と広島側の宮島口を結ぶフェリーを思い出した。連絡船の発着する港なら、どこでも見られる光景だろう。たしかに長閑《のどか》であり春らしい。

〈女は大地〉かかる矜持《きょうじ》のつまらなさ昼さくら湯はさやさやと澄み

米川千嘉子

『夏空の櫂《かい》』よねかわちかこ・1959―

女は大地、女は太陽。男が口にすれば、祭り上げておけば祟《たた》りがないというかのように。女が口にすれば、鼻もちならないということになる。それが「つまらなさ」だろう。現代にあふれる実体のない言葉の一つ。

行く春や塩壺と書きしるしあり

細見綾子

『天然の風』ほそみあやこ・1907―97

詩人高村光太郎は敗戦後、花巻市郊外の「松の林の小さな小屋」に住んだ。「高村山荘」と呼ばれる小屋を訪ねたときの句である。塩の壺《つぼ》に「塩壺」と書いている。戦争の痛手を負った詩人の質素な生活が偲《しの》ばれる。

しばらくは恋猫の目となりてみむ

加藤楸邨

『望岳《ぼうがく》』かとうしゅうそん・1905―93

恋する猫には世界はどう見えるのか。恋の相手しか見えないのか、あかあかと燃え上がっているのか。戯れの一句のようだが、大俳人の発想の原点がうかがえて興味深い。対象になりきる、これが楸邨の方法だった。

うららかや騙されてゐる太郎冠者

澤田美那子

『さくらんぼ』さわだみなこ・1936―

世知辛い世の中、騙《だま》す者と騙される者がいる。騙す者は得をするが徳がない。一方、騙される者は得はないが徳がある。どちらがいいかと問われれば人さまざまだろう。この句の麗《うら》らかさは太郎冠者《かじゃ》の人徳の賜物《たまもの》。

事務多忙頭を上げて春惜《お》しむ　　高浜虚子

『定本高浜虚子全集』たかはまきょし・1874―1959

虚子はぶっきらぼうな俳句を詠むことがある。この句も「事務多忙」などという俳句に使えそうもない言葉をいきなり出してくる。それが虚子特有の俳諧味（おもしろみ）を醸し出すのだ。自由にして闊達《かったつ》。

障害ある二児持ちたりと語るとき人おどろきて我を見給う　　鈴木通子

『モノクローム』すずきみちこ・1947―

二人の障害児を授かった心境について、この歌は語らない。それを知ったときの他人の反応を描くことによって、親の気持ちが推し量られる。直接は見えない背後の世界が、目の前の鏡に映し出されるように。

蚕豆《そらまめ》をむきつつテレビに意見する　　小倉京佳

『水のかたち』おぐらきょうか・1959－

ニュース・バラエティー番組だろうか。夕食の支度をしながら「それはないわね」などと横槍《よこやり》を入れている。誰でもコメンテーターの意見に共感することもあれば憤慨することもある。日本の午後の長閑《のどか》な光景。

しばしともいふべき春も山吹の花もこたへず暮れにけるかな　　藤原家隆

『玉吟集《ぎょくぎんしゅう》』ふじわらのいえたか・1158－1237

もう少しとどまってほしい。そういいたいくらい麗しい春も山吹の花も何も答えず、去ってしまった。夕闇に山吹の黄色い残像が浮かぶ。家隆は定家とともに『新古今和歌集』を代表する歌人であり、撰者《せんじゃ》の一人。

全身を骨抜きにしてハンモック

新井竜才

『縄飛びの』あらいりゅうさい・1940－

木から木へ、木陰に揺れるハンモック。涼しげにみえるが、慣れないうちはそれほど楽ではない。安らかに昼寝するには全身の力を抜くのが肝要。それが句の「骨抜きにして」だろう。涼しさを得るにもコツがある。

◎五月

白牡丹《ぼたん》の芯にあるもの
そは色にあらず色の思ひ出
そは匂《におい》にあらず　匂の思ひ出

ポール・クローデル
『百扇帖《ひゃくせんちょう》』Paul Claudel・1868－1955

花は花ではなく花の思い出。フランスの詩人、外交官。十九世紀のジャポニスムの中で育ち、大正十年（一九二一年）、駐日大使となり六年間、滞在した。あるとき俳句に倣って作った俳諧的詩集『百扇帖』（山内義雄訳）の十句を紹介したい。

牡丹花　その真紅のいろ
そは　われにあつて　はるかに思考に先だつもの

ポール・クローデル
『百扇帖』Paul Claudel・1868－1955

詩人は牡丹《ぼたん》の花でなく真紅を見ている、いや耽《ふけ》っている。その真紅を「言葉による思考に先だつもの」というのだ。いいかえれば言葉では捉えがたい言葉以前のもの。それを言葉で捉える企てがクローデルの詩だった。山内義雄訳。

わが　地の涯《はて》より来《きた》りしは　初瀬寺《はせでら》の白牡丹
そのうち　一片淡紅の色を見んがため

ポール・クローデル
『百扇帖』Paul Claudel・1868－1955

これは詩人クローデルの名のり。諸国一見の旅の僧が自分について語る能の口上と思えばいい。白牡丹《ぼたん》にまじる淡紅の花びらへの賛歌でもある。俳句を一句合わせるなら「白牡丹といふといへども紅ほのか」高浜虚子。山内義雄訳。

そこはかとなき淡紅のいろ　色と言ふよりは
むしろ息吹

ポール・クローデル
『百扇帖』Paul Claudel・1868－1955

あまりにも微《かす》かな未知のものを心が感じるとき、眩暈《めまい》に襲われることがある。さらにそれを言葉で捉えようとすれば言葉は震えるだろう。「色と言ふよりは」と次の行の「むしろ息吹《いぶき》」の間、詩人の頭は真っ白になっている。山内義雄訳。

目を閉づるとき　牡丹花曰《いわ》く
ここにわれ在り

ポール・クローデル

『百扇帖』Paul Claudel・1868-1955

目という感覚に映る牡丹《ぼたん》より心で想像する牡丹のほうが、より牡丹であるというのだ。この句は蕪村の「ちりて後おもかげにたつぼたん哉《かな》」とデカルトの「我思う、ゆえに我あり」のみごとな合体。東洋と西洋の幸福な結婚。山内義雄訳。

扇

詩人の句より残るもの　ただそよぎ

ポール・クローデル

『百扇帖』Paul Claudel・1868-1955

詩人の句つまり詩が伝えようとするのは言葉でも言葉の意味でもない。言葉や意味を超えた香りのようなもの、それを「ただそよぎ」といったのだろう。詩人の詩が扇であるとするなら、それは扇のもたらす風のそよぎ。山内義雄訳。

血の赤さ　それにおとらぬ牡丹の白さ

ポール・クローデル
『百扇帖』Paul Claudel・1868－1955

誰でも真っ赤な血を目にすれば強烈な印象を受ける。一方、白い牡丹《ぼたん》を見ても誰も驚かない。しかし詩人の目には血が激しく赤いのと同じように、白い牡丹の花は激しく白い。花びらの滑らかな肌であらゆる色の光を拒んで。山内義雄訳。

香こそはわが詩のすがた　半ばは灰　半ばはけぶり

ポール・クローデル
『百扇帖』Paul Claudel・1868－1955

「香」は「コウ」、いわゆるお香である。クローデルが理想とする詩は香に似ているというのだ。詩の言葉が香なら、燃えてやがて灰と煙になる。灰は詩の燃え殻、煙こそが伝えようとするもの。詩の形を借りた詩論である。山内義雄訳。

扇の風よ　言葉なんぞは吹き散らせ
心うつものだけ残せ

ポール・クローデル

『百扇帖』Paul Claudel・1868－1955

詩は言葉で書くしかないが、ほんとうは言葉など要らないのだ。これが『百扇帖』で繰り返される詩についてのクローデルの思想である。言葉が花びらのように散り果てたあとに残る「心うつもの」、それだけが詩の本体。山内義雄訳。

墨　黒き汁の歓喜

ポール・クローデル

『百扇帖』Paul Claudel・1868－1955

黒々と太々と記された墨痕。それとも、しなやかにたえだえとつづく連綿でもいい。クローデルは文字の形態を突き抜けて、そこにみなぎる「黒い歓喜」に反応する。じつに簡潔な詩句ではあるが、書の命に迫っている。山内義雄訳。

しばらくは粽の笹を捨てられず　浜崎素粒子

『塩屋』はまざきそりゅうし・1935－

風情というもの、どこから生まれるか。たとえば端午の節句の粽《ちまき》。食欲を満たすのであれば、餅や葛をそのまま食べればいい。それを緑の笹《ささ》の葉で包み、糸で縛ることによって粽の風情が生まれる。名残惜しいはず。

わたつ海《み》の中に向《むか》ひていづる湯のいづのお山とむべもいひけり　源実朝

『金槐和歌集《きんかいわかしゅう》』みなもとのさねとも・1192－1219

熱海の東、海に迫り出す伊豆山。昔はお湯の滝が渚《なぎさ》に流れ落ちていた。中腹の伊豆山権現は源氏再興の後ろ盾。鎌倉三代将軍実朝の尊崇も篤《あつ》かった。「いづる湯」だから「伊豆」というのだなあという伊豆山賛美の歌。

笹舟に蟻の一匹ゐたりけり　加藤勝

『続伏流水』かとうまさる・1943―

子どもの悪戯《いたずら》か運命の悪戯か。お椀《わん》の舟の一寸法師のように笹舟《ささぶね》に乗る一匹の蟻《あり》。このままゆけば海まで流され、魚の餌食となるのが人の目には明らかだが、蟻自身は水上の幽閉に驚いているといったところか。

〈ラ〉が強く男の舌に弾かれてラベンダーの香の色濃くたてり　田村ふみ乃

『ティーバッグの雨』たむらふみの

人間が舌で弾《はじ》くもの。とくに男女の間にあっては、さまざまなものが対象になる。この歌はその一つとして音の「ラ」をあげているのだろう。その花の紫と安らかな香りに濃く染まったラベンダーの「ラ」。

午後はやも死んで帰りし夏座敷

飯田龍太

『今昔』いいだりゅうた・1920－2007

一寸先は闇というとおり、人間は一瞬後の未来もわからない。この句「七十余歳の老婆蚕室より転落」という簡潔な前書がある。眼前に迫る死が見えないこともあるであればこそすべての死は厳粛ということだろうか。

「光あれ」万物のはじめその刹那ひかりより先に弾《はじ》ける言葉

ユキノ進

『冒険者たち』ゆきのすすむ・1967－

『旧約聖書』によれば、神は天地創造の最初に光を生み出した。しかし光を生んだのが神の言葉なら万物の源は言葉になる。世界は言葉でできている。『新約聖書』ヨハネ福音書には「太初《はじめ》に言《ことば》ありき」とある。

いとかすけく春の青樹のこずゑ揺れ飛行機は雲に消えゆきにけり

若山牧水

『砂丘』わかやまぼくすい・1885－1928

ライト兄弟の動力飛行機が飛んだのが一九〇三年（明治三十六年）。それから十年ほどたって牧水がはじめて飛行機を見たときの歌である。短歌の調べ、文語で詠まれているからか、紙飛行機のようにのどか。大正四年刊行の歌集『砂丘』から。

サングラス外して遥《はる》か九十九里

古谷力

『卒寿にして超然』ふるやちから・1928－

房総半島の九十九里浜。九十九里はないが、太平洋の白波の洗う砂浜が六十キロ以上もつづく。車を降りてサングラスを外したところか。彼方《かなた》へ延びるその全景が目の前に現れた。舞台の幕が開くように。

横れんぼ思ひつのれば菜種梅雨　才一

二太郎《にたろ》を産んで化粧《けしょうばえ》映する　流火

『歌仙』さいいち・1925―2012／りゅうか・1919―2002

安東次男（流火）、丸谷才一、大岡信の歌仙「鳥の道の巻」から。横恋慕は人の妻や恋人を好いてしまうこと。菜の花に降る長雨のようにやるせない。その思い人は一姫についで二太郎を産んだばかりの美しい人妻。歌仙集『歌仙』から。

田一枚植《うえ》て立去《たち》る柳かな　芭蕉

『おくのほそ道』ばしょう・1644―94

田を一枚、植えて立ち去ったのは誰か。学者の間で議論があるが、一読すればおのずから納得。それは芭蕉でも西行でもある「気」だろう。俳句を分析するのは、生命のありかを探して人体を解剖するようなもの。

歌はただ此《こ》の世の外の五位の声端的にいま結語を言へば　岡井隆

『鵞卵亭《がらんてい》』おかいたかし・1928－2020

五位鷺《ごいさぎ》は帝《みかど》から五位を授けられた。いわば鷺の王。水辺の樹木にひっそりと止まっているのを見かけることがある。この歌、短歌は世界の外に佇《たたず》む孤高の鳥の声のようなもの。いや、そうあれという短歌への祈り。

スーパーの鮨を昼餉《ひるげ》に田植《たうえ》せり　右城暮石

『定本右城暮石全句集』うしろぼせき・1899－1995

かつて田植えは祝祭だった。田の神を迎えて前もって秋の豊穣《ほうじょう》を祝う神事だった。もうお祝いしたのだからきっと実らせてくださいよというのだ。それが今では農作業になった。昼の鮨《すし》に祝祭のなごりがある。

里帰りてふも仕事や明易し

稲畑廣太郎

『閏《うるう》』いなはたこうたろう・1957－

最大結社「ホトトギス」の主宰として多忙な日々を送る人である。東京から生家のある芦屋へ向かう、それも何かの仕事。世間並みの帰省など望むべくもないのだ。「明易《あけやす》し」は夏の夜が早々と白むこと。二〇一六年の一日一句集『閏』から。

郭公のしきりに鳴けるこの夕べ幻の尾のさまよふごとし

前登志夫

『前登志夫全歌集』まえとしお・1926－2008

この春、今は亡き前登志夫の随筆集『いのちなりけり吉野晩禱《ばんとう》』を読んでひそかに感銘した。吉野（奈良県）の山中に腰を据え、そこから文明と人間を眺める。その人が郭公の声を聞きながら見た大いなる幻の尾。

手の中の赤児《あかご》がおとなになるころは　庭の木陰につゆくさが咲く　白井陽子

『あすなろのままに』しらいようこ・1949－

そのとき、私はもはやいないといいたいのだ。赤ん坊がおとなになるには二十年。庭の木陰に露草が咲くにはせいぜい半年。人間と草、二つの異なる時間の流れが合流し、しずかに火花を散らしている。

わたくしといふ現象は
假定《かてい》された有機交流電燈の
ひとつの青い照明です　宮沢賢治

『春と修羅』みやざわけんじ・1896－1933

途中を略すれば、私は……青い照明であるというのだ。それは確かな実体ではない。今にも消えてしまいそうにチカチカと明滅する、はかない現象、いいかえれば幻にすぎない。生命というものの宮沢賢治的定義。

風になびく富士の煙《けぶり》の空に消えてゆくへも知らぬわが思ひかな　西行

『新古今和歌集』さいぎょう・1118−90

私はどこへ行こうとしているのか。これからどんな人生を歩むのか。西行の心は富士山の煙とともに大空を漂っているのだ。西行が東国へ下ったときの歌と伝える。この時代、富士山はまだ噴煙を上げていた。

虹見うしなふ道、泉涸《か》るる道、みな海辺の墓地に終れる　塚本邦雄

『水葬物語』つかもとくにお・1922−2005

ここで歌われるのはある絶望的な感情。これを歌わせたのは二十世紀という戦争の世紀だろう。「海辺の墓地」はポール・ヴァレリーが第一次世界大戦後の廃墟《はいきょ》で書いた詩。「風　吹き起《おこ》る……　生きねばならぬ」。

白扇のゆゑの翳りをひろげたり

上田五千石

『琥珀《こはく》』うえだごせんごく・1933－97

「白扇の翳《かげ》り」ではなく、あえて「ゆゑの」を入れた。作者はこのとき、白だけが生み出す陰翳《いんえい》があるという思いにとらわれていたにちがいない。濃い色は論外、淡い青や灰色にもない、いわば純粋な陰翳というもの。

酒ノ瀑布《たき》冷麦《ひやむぎ》の九天ヨリ落《おつ》ルナラン

其角

『虚栗《みなしぐり》』きかく・1661－1707

其角は才気煥発《かんぱつ》。少年にして芭蕉の弟子となり、李白にも定家にも比べられる。「酔て二階に登る」と前書がある。酒の滝を登っているのか、いや冷麦が天上から流れ落ちてくるのか。すべて酔眼の幻。芭蕉一門の俳諧選集『虚栗』から。

◎六月

のたうちてあげし声やがて肉焼くる音に変はりてひとは死にゆく

桃原邑子

『沖縄』ももはらゆうこ・1912−99

戦火に巻かれて焼け死ぬ人。声が音に変わる、これが死なのだ。昭和二十年（一九四五年）春、アメリカ軍の沖縄への攻撃がはじまり、上陸後は住民を巻きこんだ死闘が繰り広げられた。新装版となった名歌集『沖縄』の十首をみてゆく。

親にはぐれ泣き叫ぶ子を見ぬふりに逃げてゆきたりわれもその一人

桃原邑子

『沖縄』ももはらゆうこ・1912−99

昭和十四年、桃原は夫とともに台湾へ移住。六年後の沖縄の地上戦を体験していない。それだからこそ自分も泣き叫ぶ子を見捨てて逃げた一人、と断罪するのだ。この悔しさがのちに歌集『沖縄』の数々の絶唱を生み出す原動力になった。

この道は摩文仁への道死への道足悪きわがついてゆけざりし道

桃原邑子

『沖縄』ももはらゆうこ・1912－99

アメリカ軍は沖縄中西部に上陸。島は南北に分断され、主戦場の南部では住民の南への逃避行がはじまった。摩文仁《まぶに》は島の南端、前は青い海。「ついてゆけざりし」は台湾にいたため故郷の人々と歩めなかった桃原の悔い。

木麻黄《モクモー》の枝に首吊り揺れゐたり集団自決にはぐれたるひと

桃原邑子

『沖縄』ももはらゆうこ・1912－99

モクモーは沖縄の砂浜に生える木。松に似た美しい木だが、ここでは首吊《つ》りの木。島の南端に追い詰められた住民たちは集団自決を強いられた。死に遅れ、幽鬼のようにに浜辺をさまよううち、モクモーの木を見つけ……。

捕虜になるよりも死ねとぞ教へたるわれは生きゐて児《こ》らは死にたり

桃原邑子

『沖縄』ももはらゆうこ・1912－99

桃原は沖縄県女子師範を出て、昭和四年、十八歳で小学校の先生になった。本来、教育は子どもに生きることを教えるもの。しかし当時の軍国教育は死ぬことを教えた。敵の捕虜となるのは生き恥をさらすことだった。

一瞬に爆《は》ぜたるからだ見おろしてをりしか子の魂うろたへながら

桃原邑子

『沖縄』ももはらゆうこ・1912－99

自分の身に何が起きたのか。突然裂かれた肉体をその人の魂が空中から眺めて驚いているのだ。長男良太は特攻機のプロペラに巻き込まれて事故死した。十三歳。沖縄で地上戦がはじまった昭和二十年四月のこと。

わが分けし生命はわれに還《かえ》さむと子のししむらを衣に整へぬ　桃原邑子

『沖縄』ももはらゆうこ・1912－99

特攻機のプロペラに巻かれた十三歳の長男。ずたずたの体を生きていたときのままに並べる母親。胎内に戻して産み直そうとするかのように。この虚《むな》しい行為が幾度、繰り返されたことか。子を先立たせた母によって。

撃たれ死に焼け死に飢ゑて死にゆきしひと重なりて戦ひやみぬ　桃原邑子

『沖縄』ももはらゆうこ・1912－99

地層とは土石の積み重なり。沖縄のような激戦地ではこの定義は誤りである。それは戦いで命を落とした人間の積み重なり。折り重なる死者の層がときおり緑の大地に透けて見えることがある。戦いが終わったのちも。

生きのびることは絶対に悪なりきその悪をひきずり歩むいつまで

桃原邑子

『沖縄』　ももはらゆうこ・１９１２－９９

生き延びられてよかった。死地を脱した人はそう思うだろう。しかし桃原には悪なのだ。戦争で生き延びるには自分も加害者とならねばならないから。敵を殺《あや》めるだけでなく、仲間も見殺しにして。戦争というこの不条理。

本土よりの修学旅行の少年が平和の礎《いしじ》仰ぎ「ああ僕も戦死したい」

桃原邑子

『沖縄』　ももはらゆうこ・１９１２－９９

あの夏、住民たちが追い詰められた沖縄南端の摩文仁《まぶに》。平和の礎には二十四万人の名前が刻まれている。不謹慎な少年を咎《とが》めることもないかもしれない。海のそよ風のように微笑《ほほえ》んでいればいい。これも平和の光景。

我肌にほのと生死や衣更《ころもがえ》　原石鼎

『原石鼎全句集』はらせきてい・1886－1951

はじめて夏物を着る。袖をとおすといったほうが肌触りが感じられていいか。その目覚めた皮膚感覚から一挙に「ほのと生死や」という切実な表現が生まれた、と思わせる一句である。大正時代を代表する俳人。

逢ふことは雲居はるかに鳴る神の音に聞きつつ恋ひわたるかな　紀貫之

『古今和歌集』きのつらゆき・872?－945?

雲居、雲の高みにいる人だから、逢《あ》うことさえままならない。ただ雲のあたりからもれる遠雷を聞きながら（あなたのお噂《うわさ》を聞きながら）慕いつづけている。雲居には宮中の含意がある。忍ぶ恋の題で詠んだ歌だろう。

手にとれば桐の反射の薄青き新聞紙こそ泣かまほしけれ　北原白秋

『桐《きり》の花』きたはらはくしゅう・1885－1942

新聞は近代になって登場した。それから半世紀近く経《た》ったころの夏の朝の光景。新聞を広げると若葉の光が反映する。それだけのことに涙が出るほど感動しているのだ。生涯多感の白秋、まだ二十代の青年。

転寝《まろびね》の瞼を徹《と》ふす若葉かな　五明

『五明句藻』ごめい・1731－1803

瞼《まぶた》を閉じても新緑の光が感じられる。五明らしい感覚の冴《さ》えの利いた一句である。俳句にとって五感の冴えは大事である。しかしもっと大事なのは直観の冴えだろう。五明は江戸中期、秋田の商人、蕪村の同時代人。

三界に身のよるべなき月照と　心中をとげし　西郷ぞよき　　岡野弘彦

年刊「藝能《げいのう》」第二十四号　おかのひろひこ・1924－

西郷隆盛はなぜ偉いか。あるとき折口信夫《おりくちしのぶ》（釈迢空）が門下の岡野に問うた。答えられずにいると、折口が教えた西郷の偉大さの理由がこれ。友のために自分の命を捨てられること。月照は尊王攘夷《じょうい》派の僧侶。

野ばらの莟むしりむしりて青空欲《ほ》る　　金子兜太

『少年』かねことうた・1919－2018

自分を取り巻く世界に対して鬱勃《うつぼつ》たる不満を抱いている一人の青年。不満の正体が何か、自分もわからないのだ。だから可憐《かれん》な野ばらの莟《つぼみ》をむしり青空に憧れる。戦前、いいかえれば金子兜太が兜太となる以前の句。

水尽きて　孤帆《こはん》　天際《てんさい》に去り
長風　吹きて満つ　太平洋

夏目漱石

『木屑録《ぼくせつろく》』なつめそうせき・1867－1916

明治時代のはじめ、日本には漢詩・漢文の文化がまだ残っていた。おそらく漱石はその流れの最後の人だろう。帆船は水平線のかなたに去り、太平洋には風があふれる。二十二歳の夏休み、房総を旅して書いた漢詩文集『木屑録』から。

〝心〟と書きていずれの画も交わらぬしずかなりけりあるべきこころ

道淵悦子

『空のようなもの』みちぶちえつこ・1951－

心という漢字、四つの画が互いに交わることもなければ、触れ合うことさえない。それぞれの画が静かな「間」を置いて佇《たたず》んでいる。石庭の砂の上に置かれた四つの石のように。もともとは心臓の形を表す。

向かいゆく心の先はどこであれ瑞穂の国をさやかに生きよ　村松建彦

『ナナメヒコ2』むらまつたてひこ

落語には落語の姿勢がある。何事も斜めに眺めるのを粋とする。そんな歌が並んでいるが、歌集半ば、この歌に出会って真顔を見た気がした。「志穂誕生」と詞書《ことばがき》がある。作者にはちょっと野暮な歌かもしれない。

晴間みて骨組みはじむ葭簀小屋　石田節

『百』いしだみさお・1925―

葭簀《よしず》は葭の茎を編んだ簀の子。それで囲んだ小屋が葭簀小屋。ここでは海の家である。海水浴の季節に備えて、梅雨の晴れ間に建ちはじめる。夏が終われば、ふたたび解いて片づける。この簡便さが方丈の庵《いおり》を思わせる。

はまなすが視野のはずれにいつもあるような気がして四十年経《た》つ　渡辺泰徳

『底生生物』わたなべやすのり・1945―

北国の砂浜に咲くハマナス。短い夏を惜しむかのように青い海を見つめながら。あの紅の花が心の端に見える。仕事のときも街にいても家族に囲まれているときも。はるかな郷愁の世界の入り口であるかのように。

石鹼玉《シャボン》吹かれて無理のなきかたち　花谷清

『球殻《きゅうかく》』はなたにきよし・1947―

子どもが入ってしまいそうな大きなシャボン玉を想像した。それほど大きくなくとも、ゆらゆら揺れながら重力と気圧と表面張力の折り合いを探っている。職場や学校や家庭で人間にもこんなところがあるかもしれない。

風流の初《はじめ》やおくの田植歌　　芭蕉

覆盆子《いちご》を折《おっ》て我《わが》まうけ草　　等躬

『芭蕉全集』ばしょう・1644－94／とうきゅう・1638－1715

『おくのほそ道』の旅で白河の関を越えた芭蕉は「風流の」の句を詠んだ。須賀川でこれを発句に歌仙（三十六句の連句）が巻かれる。脇（二句目）の等躬は須賀川の人。野山の苺《いちご》を摘んで、ささやかなもてなしにしたい。

おお　曲線よ、蛇の逶迤《うねり》よ、　　ポール・ヴァレリー

『ヴァレリー詩集』Paul Valéry・1871－1945

自然界に直線はない、といってもいいだろう。蛇はもちろん人体も木草も水平線でさえ、わずかに撓《たわ》んでいる。直線は人間の抽象的思考と技が作り出したもの。「惑はすもの」という詩の最初の一行。鈴木信太郎訳『ヴァレリー詩集』から。

一日に一センチづつずれてゆく氷河でありぬワタクシもまた　田川喜美子

『何処へ』たがわきみこ

たゆみないもの。あわてることなく遅れることもなく黙々と進むもの。そして、のちに振り返ってみれば壮大な変化をとげているもの。たとえば氷河の流れのように私はありたいというのだ。静かな意志というべきか。

糸赤く宇めと名のある夏帽子　小松善子

『しのぶぐさ』こまつよしこ・1941－

百六年の生涯を送った母を偲《しの》ぶ一句。遺《のこ》された品々の中から愛用の帽子が出てきた。日露戦争中の生まれだから「宇め」とは梅の花であるとともに「産め」でもあったろうか。人は一つの名前とともに生きてゆく。

笹舟や梅雨の大河を幾千里　　金武伸弥

『青き薔薇』かねたけのぶや・1932－

一片の笹舟《ささぶね》が濁流を流れてゆく。揚子江を下る舟のように。この句のおもしろみは笹舟を眺めているのではなく、笹舟の上から世界を眺めているところ。現実にはありえないことだが、詩歌の世界ではいとも簡単。

五月雨にみづなみまさるまこも草みじかくてのみあくる夏の夜　　藤原定家

『藤原定家全歌集』ふじわらのていか・1162－1241

たちまち明け白む夏の夜。逢瀬《おうせ》を楽しむ恋人たちには嘆きの種だった。夏の短夜を嘆く定家の歌。短夜の「みじか」を呼び出すために増水した池の真菰《まこも》を描く。真菰の高い丈が半ば隠れるほど水をたたえている。

方舟はビルの屋上にとどまりて薄明光線射《さ》しくるを待つ　水沢遥子

『光の莢《さや》』みずさわようこ・1942－

大洪水を漂うノアの方舟《はこぶね》。やがて水が引きはじめ姿を現した山の上に漂着する。ノアの方舟かどうかは不明だが、高層ビルの屋上に漂着している方舟の幻影。夢の夜空を漂ってきて、そこに引っかかったかのように。

◎七月

嵐山藪の茂りや風の筋

芭蕉

『嵯峨日記』ばしょう・1644−94

『おくのほそ道』の旅の二年後、芭蕉は京の嵯峨にあった去来の別荘、落柿舎《らくししゃ》に滞在した。十七日間の、いわば芭蕉の夏休みである。嵯峨は竹の名所。吹き起こる風が涼しげに竹藪《たけやぶ》を揺らしてゆく。『嵯峨日記』の十句をたどる。

つかみあふ子共《こども》の長《たけ》や麦畠《むぎばたけ》

去来

『嵯峨日記』きょらい・1651−1704

京の本宅から主《あるじ》の去来が訪れた。途中、こんな句を作りましたと芭蕉にみせてくれる。麦の丈ほどの小さな子どもたちがつかみあって遊んでましたよ。京の都の西、嵯峨のあたりは当時、麦畑が広がっていたのだろう。

又やこん覆盆子《いちご》あからめさがの山

羽紅

『嵯峨日記』うこう・生没年未詳

凡兆《ぼんちょう》の妻の羽紅が祭り見物にやってきた。春に髪を下ろして尼になったばかり。先生が落柿舎《らくししゃ》にいらっしゃるうちに、もう一度参りましょう。嵯峨の山の苺《いちご》たちよ、赤く染まって食べごろになっていておくれ。

山里にこハ又誰《またたれ》をよぶこ鳥独《ひとり》すまむとおもひしものを

西行

『嵯峨日記』さいぎょう・1118－90

訪ねてくる人もない一日。古人の言葉を思い出したり手紙を読んだりして過ごす。西行の歌、正確には「山里に誰を又こはよぶこ鳥ひとりのみこそ住まむと思ふに」。芭蕉は「独住《ひとりすむ》ほどおもしろきハなし」と書きつけた。

手をうてバ木魂《こだま》に明《あく》る夏の月

芭　蕉

『嵯峨日記』ばしょう・1644―94

柏手《かしわで》のこだまが聞こえる。ようやく出た二十三夜の月をどこかで拝んでいるようだ。そろそろ夜も白みはじめるだろう。夏の青い夜空を走るこだまが目に見えるかのような一句。昔、二十三夜には月待ちの風習があった。

能なしの寝《ねむ》たし我をぎやう〳〵し

芭　蕉

『嵯峨日記』ばしょう・1644―94

葭切《よしきり》は夏、芦《あし》（葭）の茎に巣をかけて子育てする。濡《ぬ》れた小石を擦り合わせるようにギョギョシ、ギョギョシと鳴くので仰々子と呼ぶ。昼寝でもする芭蕉にその声が聞こえるのだ。無為徒食の身を責め立てるかのように。

芽出しより二葉に茂る柿の実《さね》　史邦

『嵯峨日記』ふみくに・生没年未詳

史邦と丈草《じょうそう》が落柿舎《らくししゃ》を訪ねて漢詩や俳句を詠む。栴檀《せんだん》は二葉より芳しというが、庭の柿の二葉もそれに劣らず勢いがいい。この句に芭蕉が「畠《はたけ》の塵《ちり》にかゝる卯《う》の花」と付けて連句がはじまる。閑雅《かんが》な時空がそこにあった。

碓氷の峠馬ぞかしこき　其角

『嵯峨日記』きかく・1661－1707

大津の乙州《おとくに》が芭蕉を訪ねてきた。江戸から帰ったばかりで、土産に蠟燭《ろうそく》が半寸燃える間に巻いた即吟連句をくれた。其角の付け句。碓氷峠《うすい》は中山道の難所。荷馬は心得たもので上手に越えてゆく。午後、杏《あんず》ほどの雹《ひょう》が降る。

くまの路や分《わけ》つゝ入《いれ》ば夏の海

曾良

『嵯峨日記』そら・1649―1710

『おくのほそ道』の旅の供をした曾良もやってきた。春から花の吉野山をめぐって熊野へ抜けたという。山々を分け入ってゆくと、そこに青い海が開けていた。芭蕉は落柿舎を動かないが、訪問客が別の時空をもたらす。

五月雨や色帋《しきし》へぎたる壁の跡

芭蕉

『嵯峨日記』ばしょう・1644―94

あすは落柿舎を去るという日、芭蕉は名残を惜しんで一間一間を見てまわる。何かの紙をはいだあとが古ぼけた壁に残っていた。歳月という永遠の旅人が残していった刻印のように。私もこの一句をかたみにしよう。

塵《ちり》をだにすゑじとぞ思ふ咲きしより妹《いも》とわが寝《ぬ》るとこ夏の花　凡河内躬恒

『古今和歌集』おおしこうちのみつね・生没年未詳

庭の常夏の花を隣から欲しいといってきたが、この歌を詠んで返したという詞書《ことばがき》がある。塵も積もらぬよう思っているのですよ、私と妻が寝る「床夏の花」ですもの。今も昔も近所付き合いは大変。常夏は撫子《なでしこ》。

やまばとのこゑにはじまり郭公《かっこう》のこゑに古典の授業終はりぬ　本田一弘

『あらがね』ほんだかずひろ・1969—

福島県で国語教師をしている人のようだ。森の中の学校なのだ。朝から夕まで鳥の声があちこちから聞こえる。かと思えば、校庭には放射線観測装置が立っている。この落差の無残を思う。四十代だが後記も文語文。

かたつむり静かに殻を引き寄する　　白石喜久子

『鳥の手紙』しらいしきくこ・1948−

蝸牛《かたつむり》が進むとき、たしかにこんなふうであると思わせる。まず前に身を長々と伸ばし、それにやや遅れて大きな殻が前へ動く。なるほどこれ以外にはありえないと思う。小さな生き物の動きのツボを直観でとらえている。

一本を揺らして消ゆる葭雀　　金山桜子

『水辺のスケッチ』かなやまさくらこ・1959−

葭原《よしはら》にすむ雀。たしかに葭切は雀ほどの小鳥。この句、ぱっと飛び立ってしまった葭切の残像。青い葭の一本が揺れているだけ。そこからたった今、両足で茎をつかんでいた葭切の姿が目に浮かぶ。

デパートに夢ありし頃花氷

西山春文

『銀《しろがね》』にしやまはるふみ・1959－

日本にデパートがお目見えしたのは明治半ば、二十世紀初頭。句の「夢ありし頃」も前世紀をさしているのだろう。そして、現代はかつての夢の余韻を楽しんでいるということだろう。花氷は花を入れて凍らせた氷の柱。

鉾にのる人のきほひも都哉《かな》

其角

『花摘』きかく・1661－1707

京都の祇園祭は八坂神社の厄払いの祭礼。数十の鉾《ほこ》や山を町内（鉾町）から送り出す。其角の句の「きほひ」は競い合う心だが、それだけではない。鉾町の誇りやら鉾に乗る晴れがましさやらが詰まっている。俳諧選集『花摘』から。

遠くより風来て夏の海となる

飯田龍太

『遅速』いいだりゅうた・1920－2007

はるか彼方《かなた》から風が吹いてきて、夏の海が誕生した。海の泡から愛と美の女神ヴィーナスが生まれたように。おそらく現実の世界では夏の海に風が吹きわたっているだけ。龍太の発想の一端を垣間みるかのような一句。

しののめのほがらほがらと明けゆけばおのがきぬぎぬなるぞかなしき

読人しらず

『古今和歌集』

夜が朗らかに白んできたからには、私たちはもう別れなくてはならない。天と地が別れるように。それが悲しい。昔、恋人との朝の別れを「後朝《きぬぎぬ》」といったが、もとはおのおの衣を身につける「衣々《きぬぎぬ》」だった。

ゴミとして出されし鏡青空を映してゐたり壊れたる空

古川典子

『鳥の時間』ふるかわのりこ・1947－

ひび割れた鏡、それは破局を思わせる。人が映れば自己の崩壊、世界が映れば終末。夫婦の破局を「破鏡」ともいった。誰が出したか、ゴミ置き場に捨てられたこの鏡もひび割れているのだろう。さて何の破局か。

はまなすの花や大河に海の潮

中嶋鬼谷

『雁坂』なかじまきこく・1939－

赤いハマナスの花咲く北国の短い夏。海の潮が満ちてきて大河の河口をさかのぼる。太古の昔から海と河の間でたゆみなく繰り返されてきたこと。大自然の悠久さ、それに魅了される人間を描く。加藤楸邨《しゅうそん》門の俳人。

白南風や海原叩《たた》く鯨の尾

市川栄司

『江戸手拭《てぬぐい》』いちかわえいじ・1935－

ハエは夏の南風。黒南風《くろはえ》は梅雨をもたらし、白南風《しろはえ》は梅雨明けを告げる。鯨が海原を泳ぐとき、撥《ばち》のような大きな尾が海面から現れて、ふたたび海中に没する。白南風にあおられながら。真夏の到来を讃《たた》える一句。

脳のなきくらげ涼しく心もつ人は苦しむくらげ愛《め》でつつ

馬場あき子

『記憶の森の時間』ばばあきこ・1928－

海月《くらげ》は海の泡のような生きもの。悩みも苦しみも知らないと思われているようだ。それにひきかえ、人間はと大いに呆《あき》れている。「憂《うき》ことを海月に語る海鼠《なまこ》哉《かな》」という召波の名句がある。ここでも海月は涼しげ。

なにせうぞ燻《くす》んで一期《いちご》は夢よただ狂へ

『閑吟集《かんぎんしゅう》』

仏教は日本人に人の世のはかなさを教えた。日本人は釈迦の教えをそう受け止めた。「一期は夢」がまさにそうだろう。この歌はそれを逆手に、シケてないで好きなように生きなさいよと耳もとでささやく。『閑吟集』は室町時代の小歌集。

寝ても〳〵目《め》さむる夏の青み哉《かな》

団水

『京羽二重』だんすい・1663―1711

「夏の青み」とは夏全体が青々としているのだ。「木々の青み」「草の青み」「山の青み」では太刀打ちできない。昼寝とする説もあるが、素直に夜の句だろう。団水は西鶴の門下、浮世草子も書いた。俳諧人名録・作法書『京羽二重』から。

あたためしミルクがあましいづくにか最後の朝餉食《は》む人もゐむ

大西民子

『花溢《あふ》れゐき』おおにしたみこ・1924－94

ある日、人は死ぬ。しかし、その朝の食事を「最後の朝餉《あさげ》」と知る人はほとんどいない。この作者も「最後の朝餉」を食べているのが誰か知らない。もしかすると自分自身、温めたミルクがそうなるかもしれない。

虹の環《わ》を以《もっ》て地上のものかこむ

山口誓子

『和服』やまぐちせいし・1901－94

土星には輪がある。地球にもあれと同じような輪があったなら、毎日どんなに愉快だろう。それは人類の思想をどう変えていただろう。雨上がりの空に現れる虹は、地球の失われた輪の断片？　それとも未来の予兆？

対酌といふも久々新生姜
西村和子
『自由切符』にしむらかずこ・1948―

対酌は二人で酒を酌み交わすこと。李白に「両人対酌すれば山花開く　一盃《いっぱい》一盃復《ま》た一盃」という詩があった。古い仲とはいえ久々に眺める友の顔が「新生姜《しょうが》」にぴったり。古生姜、ひね生姜ではダメなのだ。俳句日記『自由切符』から。

タオルケットを蹴り上げしとき立ちたるはバケツ一杯がほどの秋風
西川才象
『晩冬早春』にしかわさいぞう・1971―

古歌にもあるとおり、秋はまず風となって訪れる。百日紅《さるすべり》の花を揺らしたり本のページをめくったり。秋風の姿形はさまざまなのだが、ここではバケツの水を放るように空中に跳ね上がった。朝起きるときか昼寝か。

暗くなるまで夕焼を見てゐたり

仁平勝

『仁平勝』にひらまさる・１９４９－

刻々と変わる夕焼けの空。太陽が西の空に傾くと、あたりが黄金に染まり、赤々と燃え上がり、やがて闇に沈んでゆく。その一部始終も見飽きないが、夜に包まれるまで眺め尽くす人の意志に思い及ぶべきだろうか。自解句集『仁平勝』から。

須臾《しゅゆ》にして我等《ら》は入る、冷《つめた》さと闇に、
さらば、生きて輝きて去る夏の光よ。

シャルル・ボードレール

『葡萄酒《ぶどうしゅ》の色』Charles Baudelaire・１８２１－６７

夏から秋へ、一瞬にして季節は移る。ボードレールの「秋の歌」の最初の二行。同じように人生も夏から秋へ、さらに冬へめぐってゆく。「さらば……夏の光よ」は人生の輝かしい夏を惜しむ言葉。吉田健一の訳詩集『葡萄酒の色』から。

◎八月

迷い来て野鳥も授業受ける夏

小林凜

『ランドセル俳人からの「卒業」』こばやしりん・2001－

九四四グラムの未熟児。小学校入学前から俳句を作りつづけて高校二年生になった。少年は学校での壮絶ないじめをどう乗り越えたか。新著から十句を紹介する。この句、迷いこんだ小鳥への温かな共感。

踏み出せばまた新しき風薫る

小林凜

『ランドセル俳人からの「卒業」』こばやしりん・2001－

先生はしばしば、いじめを直視せず、いじめる側に回ってしまう。ある日、不登校の小林少年を一人の先生が訪ねて話を聴く。それが「先生のような人になりたい」という希望を目覚めさせる。

祖母背負い押しつぶされし啄木忌

小林凜

『生きる』こばやしりん・2001―

「たはむれに母を背負ひてそのあまり軽きに泣きて三歩あゆまず」石川啄木。この歌にならって、おばあちゃんを背負ってみたのだ。ところが歌のとおりにゆかず、重くてへたりこんでしまった。啄木忌は四月十三日。

さすらいの守宮野原ですれ違う

小林凜

『ランドセル俳人からの「卒業」』こばやしりん・2001―

雀《すずめ》、蝸牛《かたつむり》、蟻《あり》、蜘蛛《くも》、蛙《かえる》。小林の俳句には小動物がしばしば登場する。仲間はずれにされ、いじめられる自分の分身でもある。この守宮《やもり》もなぜ、さすらっているのか。どこにも居場所がないのだ。

おお蟻よお前らの国いじめなし　　小林凛

『ランドセル俳人からの「卒業」』こばやしりん・２００１－

学校でいじめられて土手でタンポポを摘んでいると、蟻《あり》の行列を見つけた。みな助けあって働いている。倒れた蟻は仲間が運んでゆく。しゃがみこんで見つめるうちに涙があふれてきたにちがいない。

形無し音無しけれど原爆忌　　小林凛

『ランドセル俳人からの「卒業」』こばやしりん・２００１－

放射能には目に見える形も、耳に聞こえる音もない。だからこそ恐ろしいのだ。一発の原子爆弾がこの日の朝、広島の町を廃墟《はいきょ》にし、たくさんの命を奪った。その後も多くの人々を苦しめている。

黒板の似顔絵笑う炎暑かな

小林凜

『生きる』こばやしりん・2001－

高校の夏休み前の昼休み。黒板に男の子が歯を見せて笑っている似顔絵を見つけた。「どこかで見たような顔」と本には書いてある。それはクラスメートの誰かが描いた小林の似顔絵だったにちがいないと私には思える。

老犬の足音秋を告げにけり

小林凜

『生きる』こばやしりん・2001－

年をとった犬がとぼとぼと家の中を歩く音。小林が二歳のとき、母親が拾ってきて、おばさんの家で育てられた。やがて小林の親友になる。小林が中学一年の秋、旅立つ。その名はアベル、兄カインに殺される弟。

百歳は僕の十倍天高し

小林凜

『ランドセル俳人からの「卒業」』こばやしりん・2001―

日野原重明は二〇一七年夏、百五歳で亡くなった。小林との交流はいつはじまったのか。いじめられて孤立した少年を長い人生の大先輩が見守る。「僕の十倍」なんて、小林が素直にはしゃいでいる。

月光を浴びし三人時止まれ

小林凜

『生きる』こばやしりん・2001―

人はなぜ時間を止めたいと思うのか。「今」がやがて崩れてしまうことを予感しているからだろう。守る人が去り、守られていた自分が今度は守る人になる。この句、祖父が亡くなって母、祖母と三人になった月見の句。

八月六日ののちの七十二年目を母に替はりて吾がすわる椅子　伊東文

『逆光の鳥』いとうあや・1954－

作者の両親の故郷が広島。あの日、母親が原子爆弾で被爆した。五十歳を過ぎてから短歌をはじめ、母が生きているうちに読んでもらおうと歌集を編みはじめた。母から娘へ、命とともに何かが伝えられてゆく。

日《ひ》盛《ざかり》の岩よりしぼる清水哉《かな》　常牧

『物見車』じょうぼく・生没年未詳

太陽がかんかんと照りつける岩から湧き水が滴り落ちる。一瞬、涼風がよぎったような感じのする句だが、何よりめざましいのは「しぼる」。水の清らかさも、ありがたさもこの一語から生まれる。芭蕉の同時代人。俳諧選集『物見車』から。

もう一人自分の居《お》りし籐枕《とうまくら》

松下道臣

『憤怒』まつしたみちおみ・1941－

自分とは誰か。誰でも自分が自分だと思っている。では自分を眺めている自分はいったい誰か。それこそほんとうの自分ではないのか。この句、昼寝のあと、どこかへ立ち去ったもう一人の自分を自分が眺めている。

アジアでは星も恋する天の川

丸谷才一

『七十句／八十八句』まるやさいいち・1925－2012

七夕伝説は星の恋の物語。古代中国で生まれ、日本をはじめ東アジアに広まった。そんな話はヨーロッパでもアメリカでも聞かないなあというのだ。人ばかりか星まで恋をする多神教のアジアを誇る一句。

契りけむ心ぞつらきたなばたの年にひとたび逢ふは逢ふかは

藤原興風

『古今和歌集』ふじわらのおきかぜ・生没年未詳

織姫よ、なんてつれないのだ。一年に一度だけ逢《あ》いますだなんて、そんなの逢うとはいえないよ。私（彦星《ひこぼし》）は毎晩でも逢いたいのに。宮中のある歌合《うたあわせ》に出した歌という。読み上げたとたん、一同笑いに包まれたろう。

手を翻せば雲と作《な》り手を覆せば雨

杜甫

『杜甫全詩訳注一』とほ・712−770

杜甫の「貧交行《ひんこうこう》」の書き出し。掌《てのひら》を上にすれば雲が湧き、下にすれば雨が降る。そんな薄情者が幅をきかせ、昔の篤《あつ》い友情は顧みられない。いつの時代でも過去は麗《うるわ》しく、現在は堕落しているとみえるらしい。

（或《あるい》はネリリし　キルルし　ハララしているか）
しかしときどき地球に仲間を欲しがったりする

谷川俊太郎
『二十億光年の孤独』たにかわしゅんたろう・1931－

ネリリ、キルル、ハララ。地球の日本語の眠る、起きる、働くに相当する火星語。そんなおかしな言葉を話す火星人がじっさいに存在すれば、地球人の宇宙的な孤独も少しは癒やされるだろうか。詩集『二十億光年の孤独』の同題の詩から。

秋立つは水にかも似る
洗はれて
思ひことごと新しくなる

石川啄木
『一握の砂』いしかわたくぼく・1886－1912

暑い夏を乗り越えて爽やかな秋に入る。誰でもほっとするが、炎熱ははなはだしい今年はなおさら。啄木のこの歌の味わいもひとしおだろう。秋というきれいな水に洗われて、人の心も新しい出発をする。

すゞしさや惣身《そうみ》わするゝ水の音　青蘿

『青蘿発句集』せいら・1740−91

せせらぎだろうか、滝だろうか。水音を聞きながら、しばし暑さを忘れている。自分の体を忘れるほど、いいかえると体が存在しないかのように涼しいというのだ。たしかに体がなければ涼しかろう、人も犬猫も。

二階から落ちても平気で地を這《は》える蟻の強さにたじろぐわれは　鈴木陽美

『スピーチ・バルーン』すずきはるみ

人間なら怪我《けが》ではすまないかもしれない。ところが、蟻《あり》はまた歩きはじめるだろう、何もなかったかのように。当たり前のことなのだが、当たり前とされていることに潜む不思議に驚いているのだ。

ミラボー橋の下をセーヌ河が流れ
　われ等の恋が流れる

ギィヨーム・アポリネール

『月下の一群』Guillaume Apollinaire・1880-1918

アポリネールはローマ生まれのポーランド人の詩人。十九歳でパリに移住、二十世紀初頭の芸術の街に生きた。「ミラボー橋」の最初のフレーズ。第一次大戦終結直前、スペイン風邪で病死。三十八歳。堀口大学訳詩集『月下の一群』から。

山荘にまぶたを閉じて聞かんとす遥《はる》けき音の梢《こずえ》わたるを

木下容子

『花星霜』きのしたようこ

目に見えるだけが世界ではないように、耳に聞こえるだけが世界でもない。聞こえていると思っている音の先に別の音が鳴り響いていて、その先にはまた別の音。音の林に分け入って、はるかな音を探している。

風に靡《なび》くもの　松の梢《こずえ》の高き枝　竹の梢とか　海に帆かけて走る船　空には浮雲　野辺には花薄《はなすすき》

『梁塵秘抄《りょうじんひしょう》』

風になびくものをひとつひとつ数え上げてゆく。同じように私の心も果たして何人の男になびいてきたことか。遊女が自分の業の深さをつくづく嘆いているのだろう。だからこそ「そよぐ」ではなく「なびく」なのだ。

たかが猫一匹飼えば満たされる　愛はつくづく与えるものなり　小鳥沢雪江

『雨水は過ぎた』ことりさわゆきえ・1954－

人間は淋《さび》しい存在である。猫といると満たされるもの、それも淋しさだろう。猫は淋しさを紛らすためにいることになる。それも猫に愛されるのではなく、猫を愛することによって。誰でも思い当たるだろう。

秋風の聞《きこ》えぬ土に埋めてやりぬ

夏目漱石

『漱石全集』なつめそうせき・1867－1916

漱石は猫だけでなく犬も飼っていた。こちらは名前もあってヘクトー。この犬が死んでしまう。漱石は裏庭の猫の墓の近くに埋め、この句を墓標に記す。漱石の書斎から二つの墓が見えた。つくづく淋《さび》しい人である。

墓地を出て犬となりたる秋の暮

星野昌彦

『東海道即悠々』ほしのまさひこ・1932－

一匹の犬が墓地からすたすたと出てくるところだろうか。それを「犬となりたる」といえば、ちょっと不思議な句になる。まるで墓を抜け出した何かの魂が犬の姿になって歩いてゆくようだ。秋の夕闇にまぎれて。

露の文より余花朗の句を拾ふ　　古賀しぐれ

『大和しうるはし』こがしぐれ・1950－

中井余花朗《よかろう》は高浜虚子の弟子。琵琶湖の西岸、堅田《かたた》の人である。古賀しぐれはその娘。句帳や手紙から父の句を集めているところだろうか。いい俳号はそれだけで一片の詩。一句の中にしっくりとすわる。

銀行員等《ら》朝より蛍光す烏賊《いか》のごとく　　金子兜太

『金子兜太句集』かねことうた・1919－2018

日本銀行に勤めた金子兜太は左遷のたびに代表句を作った。中国宋の詩人、蘇東坡《そとうば》のように。この句は神戸での作。審美的な句ともいわれるが、ワイシャツ姿の行員たちをぬめぬめしたイカのようだと疎んでいるのだ。

まどろまじ今宵《こよい》ならではいつか見むくろとの浜の秋の夜《よ》の月　菅原孝標の女

『更級日記』すがわらのたかすえのむすめ・1008－？

十三歳の少女が旅をする。王朝時代、上総（千葉県）から京へ、地方勤めを終えた父や家族とともに。今夜は眠らないで「くろとの浜」の月を眺めよう。二度と見られないのだもの。「くろと（黒戸）」は木更津の海岸か。

ガラスのかけら八月の遺書として　舛田倭子

『陶器の馬』ますだようこ・1930－

広島と長崎の原爆忌、終戦記念日、お盆。日本の八月は死者を悼む月である。「八月の遺書」という言葉が説得力をもつのも、そのためだろう。鋭いガラスの破片？砂浜に散らばる宝石のようなガラスのかけら？

◎九月

この寝ぬる夜《よ》のまに秋は来にけらし朝けの風の昨日にも似ぬ　藤原季通

『新古今和歌集』ふじわらのすえみち・生没年未詳

きょうの明け方の風はきのうと違って冷ややか。夜の間に秋が来たようだ。残暑の八月も過ぎて、きょうから九月。この歌に納得する人も多いはず。季通は管弦の名手だった。『新古今和歌集』の秋の十首を読みながら、王朝・中世の秋へ。

おしなべてものを思はぬ人にさへ心をつくる秋の初風　西行

『新古今和歌集』さいぎょう・1118－90

鈍感な出家の私でさえ、最初の秋風に吹かれると、もの思いに耽《ふけ》ってしまう。世を捨てることは美への執着も捨て、「もの思はぬ人」になることだった。西行は出家したものの、花に月に秋風に心を揺さぶられた。

うたた寝の朝けの袖に変《かわ》るなりならす扇の秋の初風　式子内親王

『新古今和歌集』しょくしないしんのう・1153?－1201

うたた寝から目覚めてみると、袖に吹く早朝の風がきのうとは違うようだ。最初の秋風かしら。夏の間、あおいで軋《きし》ませ、使い慣れた扇の風にそろそろ飽いてきたところでした。式子内親王は後白河上皇の皇女。

秋萩の咲き散る野べの夕露に濡れつつ来ませ夜は更けぬとも　柿本人麻呂

『新古今和歌集』かきのもとのひとまろ・生没年未詳

愛し合う男を女が誘う。萩《はぎ》の花の咲いては散る秋の野原の夕露に濡《ぬ》れながら、今宵《こよい》も私を訪ねてください。夜が更けてもいいから。人麻呂が女の身になって詠んだ歌である。『万葉集』では作者未詳とされている。

おしなべて思ひしことの数々になほ色まさる秋の夕暮《ゆうぐれ》

藤原良経

『新古今和歌集』ふじわらのよしつね・1169－1206

これまでの数々のもの思いなど、たわいないものだった。きょうの秋の夕暮れの風情に比べれば。良経は摂政太政大臣を務め、詩歌の才にも恵まれた当代一の貴公子。大胆な歌風だった。惜しいことに三十代で早世。

武蔵野やゆけども秋の果てぞなきいかなる風か末に吹くらん

源通光

『新古今和歌集』みなもとのみちてる・1187－1248

行けども行けども武蔵野は秋の風情が尽きない。最果てにはどんな風が吹いているのだろうか。山に囲まれた都と違い、武蔵野は草原のつづく異郷だった。武蔵野を訪ねたこともなかったろう。想像力で詠んだ歌。

心こそあくがれにけれ秋の夜の夜深き月をひとり見しより　源道済

『新古今和歌集』みなもとのみちなり・？－1019

秋の夜、ひとり月を眺めてから心がどこかへ行ってしまった。心が体を離れてぽーっとなる、これが憧れ。道済は平安中期の官僚。官位はそれほどではなかったが、歌の上手。密《ひそ》かに慕う女を月にたとえているのかも。

たのめたる人はなけれど秋の夜は月見て寝《ぬ》べき心地こそせね　和泉式部

『新古今和歌集』いずみしきぶ・生没年未詳

秋の月を眺めていると、寝ようとは思えません。誰かを待っているわけでもないのに、夜を更《ふ》かしています。「たのめたる人」とは今夜来ると約束した人。この文句ゆえに、ただの月見の歌が幻想の恋の歌に変貌《へんぼう》する。

ゆく末は空もひとつの武蔵野に草の原より出《い》づる月影

藤原良経

『新古今和歌集』ふじわらのよしつね・1169－1206

武蔵野には高い山がないので月も草から昇る。これが王朝・中世を通じて古典時代の武蔵野のイメージだった。「武蔵野図屏風《びょうぶ》」といえば、草に埋もれる月が描かれた。その武蔵野の果ては空と一つになっている。

はらひかねさこそは露のしげからめ宿るか月の袖のせばきに

藤原雅経

『新古今和歌集』ふじわらのまさつね・1170－1221

払いきれないくらい夜露が降りているのだろう。私の狭い袖に月光が映っているのをみれば。というのは歌の表の意。裏は月の光が映るくらい、私の袖は涙で濡《ぬ》れているというのだ。雅経は蹴鞠《けまり》と歌の名手だった。

花火尽《つき》て美人は酒に身投《みなげ》けん　　几董

『几董発句全集』きとう・1741-89

女を連れての花火舟。花火が果てると女の姿がない。川、いや酒に身を投げたか。ここまでなら酔狂の戯《ざ》れ言《ごと》、ただ一句に仕立てれば話は別。花火も酒も女も、この句のためにあったかと思える。几董は蕪村の愛《まな》弟子。

このころの秋の朝明《あさけ》に霧隠《きりごも》り妻呼ぶ鹿の声のさやけさ　　作者未詳

『万葉集』巻十

朝霧に隠れて妻を呼ぶ牡鹿《おじか》。その声の何て清々《すがすが》しいこと。秋、鹿は恋の相手を求めて鳴き交わす。歌人たちはその切ない声に人の恋を重ね、数々の歌を詠んできた。秋は鹿の交尾期で、などと解説するのは無粋この上ない。

藍生きて藍の匂へる大暑かな

依田善朗

『転蓬《てんぽう》』よだぜんろう・1957－

日本は藍の国である。染物屋を紺屋というとおり、かつて身辺の布はみな藍で染められた。この句、藍と日本人の付き合いを偲《しの》ばせる。たとえば浴衣の藍の香りに体ごと包まれる感じ。ご存じなければ、体験されたし。

十八のわれが四十歳《しじふ》になるまでのけむりの時間残る東京

佐山加寿子

『鈴さやさやと』さやまかずこ・1962－

意を決して故郷に帰る人が、東京での日々を振り返る。「蟻《あり》地獄の時間」「流砂の時間」でなかったことにほっとするが、「けむりの時間」も東京へのなかなか辛辣《しんらつ》な批評。作者は二〇〇二年、故郷の佐渡へ帰った。

滝水の中やながるゝ蟬の声

惟　然

『草庵集《そうあんしゅう》』いぜん・？－１７１１

轟々《ごうごう》と流れ落ちる滝の水。あたりの蟬《せみ》の声もその水とともに流れ落ちるかのようだ。豪快かつ涼気の句。惟然は芭蕉の門弟。北陸路の旅の作という。滝も蟬も夏の風物。九月に入ってから読めば、過ぎ去った夏の思い出。

烏瓜の花空中にあらはれし

対中いずみ

『水瓶《みずがめ》』たいなかいずみ・１９５６－

烏瓜《からすうり》はそろそろ赤く染まるころ。夏のころ、その花に気づいた人はいるだろうか。見ていても、あの烏瓜の花とは思わないかもしれない。白いレースを広げたような花なのだ。見えない手が綾取《あやと》りをしているように。

中年や遠くみのれる夜の桃　西東三鬼

『夜の桃』さいとうさんき・1900－62

中年は厄介な年代。青年の澱《おり》をなお引きずりながら、老年の諦めにはほど遠い。夜のかなたのどこかで熟れている桃。この句、その桃との距離こそが中年の正体であるというのだろうか。もはや手の届かぬ桃である。

秋の夜にひとり酌みつつ恋《こ》ふるひと幾人《いくたり》かある　筆頭は内緒　伊藤一彦

『光の庭』いとうかずひこ・1943－

筆頭は誰々と、ここに具体的な名前があれば、ずいぶん安手の歌になってしまう。内緒だからこそ読者はあの人か、奥さんかなどと想像をめぐらせる。これが内緒話の効用。世阿弥も「秘すれば花」といっている。

膝に来る笑はぬ猫と夜長かな　　加納輝美

『青嶺《あおね》』かのうてるみ・1944－

犬は笑う。いや笑っているような顔の犬がいる。しかし猫は笑わない。いや笑っているような顔の猫はあまり見た覚えがない。これだけでも犬と猫の性格の相違がわかるというもの。いっしょに暮らす人の性格の違いも。

本読まず過ぎし来し方を今思ふ表紙はげしはただ字引の類　　土屋文明

『青南後集』つちやぶんめい・1890－1990

一九九〇年、百歳で亡くなった歌人。二十世紀のほぼ全長を生きたことになる。長い人生を振り返れば本を読まなかった。じっさいはそうでないかもしれないが、しみじみそう思うのだろう。もはや何も飾ることなく。

音楽の沁《し》み込んでゐる髪洗ふ　　池谷秀子

『ジュークボックスよりタンゴ』いけやひでこ・1949-

音楽は厄介。文学とちがって髪にしみこむのだから。バイオリンは髪を波打たせ、シンバルは爆発させる。さらに厄介なことに、その音楽が髪から聞こえる。髪を洗うシャワーの音に混じって。

日の本に西と東や野分《のわき》晴れ　　榎本好宏

『青簾《あおすだれ》』えのもとよしひろ・1937-

台風のもたらす暴風が野分。その吹き晴れた翌朝、美しい青空を仰いだ爽快な気分の一句である。西と東とは西日本、東日本ではなく、西、東という方位。この言葉ゆえに、日本上空に青空が果てしなく広がる。

しんしんと甕の泡盛熟す夜は古酒番人も安らかに眠れ　當間實光
『喜屋武岬』とうまじっこう・1943－

泡盛は封じこめられた甕《かめ》の中で何をしているか。酔っ払っているのである。この歌のとおり、じつに静かに。人間はそれを「醸す」とか「熟す」とかいうのだ。みずから酔わずに、どうして人を酔わせられるか。

戦争と平和、ときどきチョコレート　人類史にはたったそれだけ　西村曜
『コンビニに生まれかわってしまっても』にしむらあきら・1990－

戦争も平和も、こう簡単に扱っていいのか。チョコレートと並べたりして。しかし戦争と平和を繰り返してきた人類史を前にしての爽快な異議申し立ての歌である。一九九〇年生まれ。

かの村や水きよらかに日ざし濃く疎開児童にむごき人々　小野茂樹

『黄金記憶』おのしげき・1936－70

都会の子が親と別れて田舎で集団生活する。戦時中の学童疎開を懐かしむ短歌、俳句は多い。しかし現実にはこんな思いをした子も多かったろう。受け入れ側に思いやりがないかぎり。作者は三十代で交通事故死。

古道　人行少《じんこうまれ》なり。

秋風　禾黍《かしょ》を動かす。　耿　湋

漢詩大系『唐詩選』こうい・生没年未詳

さびれた道を行く人はほとんどなく、秋風だけが黍《きび》の穂を揺らして吹きすぎる。唐の詩人、耿湋の五言絶句「秋日」の後半。寂しい街道風景。芭蕉の名句「此《この》道や行《ゆく》人なしに秋の暮」はこの詩の世界をさらに昇華している。

ふたたびを訪ふことなけむ伊良湖岬行く手はるかに引潮は照る　井上さな江

『風なきに』いのうえさなえ・1918―2008

伊良湖岬は愛知県渥美半島の突端。南へ渡る鷹《たか》の集結地であり、芭蕉の「鷹一つ見《み》付《つけ》てうれしいらご崎」の句で知られる。二度と訪《おとな》うことはない。そう思うのは自分の残り時間を気にするからだろうか。茫々《ぼうぼう》たる人生。

秋風やきのふはしろきさるすべり　平井照敏

『多磨』ひらいしょうびん・1931―2003

サルスベリは炎天の花。泡のような花の群れを樹上豊かに捧《ささ》げて立つ。百日紅と書くが、白い花の木もある。夏の峠を越えて、秋風が街を洗う。サルスベリの白い花も今はないというのだ。そこにあるのは花の残像。

百歳の白秋が来て指し示す大静寂の昭和終末

島田修二

『春秋帖《しゅんじゅうちょう》』しまだしゅうじ・1928－2004

北原白秋は明治十八年（一八八五年）生まれ。昭和十七年に五十七歳で亡くなったが、生きていれば昭和六十年に百歳。昭和はたしかに激動の時代だったが、終末は大静寂というべきか。四年後の一月七日、静かに終焉《しゅうえん》。

◎十月

みづからの歳《とし》にみづからおどろきて栗まんぢゅうをひとつ食べたり　小島ゆかり

『六六魚《りくりくぎょ》』こじまゆかり・1956－

昭和の末に登場した短歌の若い世代。その先頭集団の一人だった小島ゆかりもすでに還暦。初孫もめでたく誕生して自己未踏の世界へ進みつつある。戸惑いながらも身構えず、ときどき深呼吸をして。新歌集『六六魚』から十首を選んだ。

二日目のみどりごをガラス越しに見てしばらく立てり白い渚に　小島ゆかり

『六六魚』こじまゆかり・1956－

小島の短歌では結びの七がしばしば重要である。この「白い渚《なぎさ》」も新生児室の印象にとどまらない。心の世界に広がる白い渚だろう。赤ん坊がそこに流れ着いたかのようではないか。遠い昔それとも、はるか未来に。

この夏の或《あ》る日よりわれは祖母になり祖母といふものは巾着に似る

小島ゆかり

『六六魚』こじまゆかり・1956－

巾着は小さな袋。長く愛用すれば、色褪《いろあ》せてシワシワになる。年老いた女、祖母の卓抜な比喩にちがいない。それは「皺々《しわしわ》」と漢字にすれば一目瞭然。皺々の巾着はちょっとだけおかしくて、ちょっとだけ哀《かな》しい。

見つめ合ふうち入れ替はることあるをふたりのみ知り猫と暮らせる

小島ゆかり

『六六魚』こじまゆかり・1956－

人間と猫の関係はじつはあやしい。ふつう人間は猫を観察し、猫は人間を眺めている。ところが、この関係にしばしば異変が起こる。人間は猫の目を借り、猫は人間の目を借りて自分自身を見つめていたりする。

刃を入るる林檎の楕円きしみつつこの夜宇宙から還る人あり　小島ゆかり

『六六魚』こじまゆかり・1956－

いつからか小島の歌に深い断崖が宿るようになった。たとえばこの歌の剝《む》かれる林《りん》檎《ご》と地球に還《かえ》る宇宙飛行士。この二つには無関係の関係がある。それは単なる方法ではなく、世界自体がじつはそうなっている。

きそのまま夕刊のあるテーブルを見てをり死者のまなざしに似て　小島ゆかり

『六六魚』こじまゆかり・1956－

死者が生者の世界を眺める。懐かしげに、虚《むな》しげに。小島はときおりそんな眼差《まなざ》しで世界を眺めるというのだ。死者が小島に乗り移っているのか、その逆か。憑依《ひょうい》のきっかけはテーブルにしんと置かれた昨日の夕刊。

また孫に会ひたけれどもそんなことでは本物の詩人になれず　小島ゆかり

『六六魚』こじまゆかり・１９５６－

孫がかわいいと思う素直な気持ち。しかし古今東西の大詩人たちには家族愛など詩歌の肥やしにすぎなかった。そのためには家族を犠牲にさえしてきたではないか、とまじめに悩んでいる。大いに笑わせる歌である。

わたしにもこれからがあり子と別れ向かひ側のホームへわたる　小島ゆかり

『六六魚』こじまゆかり・１９５６－

駅のそのホームと向かいのホーム。やがて別々の電車がきて別々の目的地へ走り去る。私たちが日々、繰り返している当たり前のできごとが、「自立した祖母」を描き出す。孫はかわいい、子は心配、しかし自分は自分。

胸中の岬にひとり立つことありただはるかなる風にふかれて　小島ゆかり

『六六魚』こじまゆかり・1956－

誰の心の中にも岬がある。いつもは人の姿はなく、波が打ち寄せ、風が吹きすぎてゆく。そこは心のいちばん先端。ふだんは本人さえ気づかないが、心の沖へしんと突き出している。その人だけが行ける場所。

遠目には同じ顔してわれらしき祖母と孫とがあそぶ春の日　小島ゆかり

『六六魚』こじまゆかり・1956－

不思議な歌である。同じ顔の自分と孫が遊んでいる。小島はそれを遠くから眺めている。「遠目」とは空間の距離のことだが、ここでは時間の彼方《かなた》とも聞こえる。千年後のある春の日の風景のようではないか。

ふたたびの雨に消えたる崩れ簗

三村純也

『一《はじめ》』みむらじゅんや・1953－

鮎《あゆ》などをとるために川中に組む簀《す》の子《こ》が簗《やな》。晩秋、鮎も落ちてしまえば、簗は顧みられぬまま徐々に廃れゆく。この句、秋の大雨で崩れ、次の雨で流されてしまった。人工物が自然の猛威で消滅するのは、ここでも同じ。

鹿の恋森ひそやかに花咲かす

岡田一実

『記憶における沼とその他の在処《ありか》』おかだかずみ・1976－

王朝時代の歌人は秋、妻を求めて鳴く鹿の声に、人間の切ない恋を重ねて詠んだ。それを思えば、この句には新鮮な感覚が宿っている。鹿の恋をたたえて、ひそかに花を咲かせる森の草木。

行秋《ゆく》や抱けば身に添ふ膝頭

太祇

『太祇句選』たいぎ・1709－71

人はどんなとき、膝を抱えるだろうか。寒いとき、外敵から身を守るとき、途方に暮れたとき。しかし何よりも、さびしいとき。そのさびしさを抱きかかえるように、人は膝を抱える。ひとりぼっちの子どものように。

菊食うて夜といふなめらかな川

飯田晴

『ゆめの変《かわ》り目』いいだはれ・1954－

夜は流れる闇。ところどころに月や星が輝き、炎が揺らめき、灯火が明滅する。そんな「なめらかな川」。黒や緑のベルベットの織物のように。その流れのどこかに潜んで、作者は菊の花の料理を食べている。

2021 1 中公文庫　新刊案内

砂塵の掟 オッドアイ

渡辺裕之

米軍居住地で発見された生首。捜査に向かう朝倉の前に日米地位協定という壁が立ちはだかる。人気シリーズ第六弾！

◉単行本最新刊『血の代償』二月刊行予定

●740円

死香探偵 生死の狭間で愛は香る

喜多喜久

書き下ろし

風間と同居することになった潤平。だがセキュリティーの高いマンションに、不審な死香が付着した郵便物が？　十一万部突破の大人気シリーズ第四弾！

●640円

現代語訳

茶道四祖伝書

利休伝・織部伝・三斎伝・宗甫伝

熊倉功夫

2021年3月刊行予定

千利休、古田織部、細川三斎、小堀遠州の言行がここに甦る。待望の全訳

【用語索引・人名索引付】

❖全原文翻刻・全図版収録のうえ、現代語訳を掲載、項目ごとに丁寧な解説を施す。

❖様々な逸話から大先達の知られざる素顔と幅広い交流が明らかに。

❖当時の茶会の立ち居振る舞いや息づかいが伝わる茶の湯の記録。

【原文】

一、中柱ニ羽箒掛テ有之、下ノ方中柱ノ前（二）利休（ノ）ネブトカネノ香合アリ。サハリノ様成カネ也。少モ紋無之。利休ヨリ寺沢志摩へ、又志摩守ヨリ三斎へユイ物ニ来ルト御物語也。此香合ハ久々執心ニアリシト也。

【現代語訳】

一、中柱に羽箒《はぼうき》がかけてあった。中柱の下の前に、利休の根太の金の香合があった。無紋の香合である。砂張のような金属である。少しも紋様はない。利休より寺沢志摩守へ、また志摩守より三斎公へ遺品として贈られてきたというお物語りになった。この香合は、長い間、欲しくてたまらなかった、とのことである。

（図中の説明）無紋である。

【解説】

根太とはいわゆるおできのことです。抗生物質が発見される前は、おできはとても恐ろしい病気でした。背中やお尻に大きくはれあがったその姿に似ているというので、図のようなこんもりとした型のものを根太と呼びます。あまりきれいな表現ではありませんが……。この香合は由緒のあるもので利休より寺沢志摩守（広高、一五六四―一六三三）に譲られ、さらに三斎へ遺物として渡りました。おそらく「久々執心」というのは、利休所持の時代から三斎はこの香合が好きで、いつかは自分のものにしたいと執心していた、という意味でしょう。

三斎伝　405

●A5判848頁予定
予価20000円
布装・美麗函入り

※茶道四祖伝書　松屋三名物を伝える安土桃山時代の茶人、奈良の松屋久重による四大宗匠の聞き書きを、昭和期に松山吟松庵が編纂・命名した。

豆腐の相手に初茸入《いれ》たやう

船　汀

『初代川柳選句集』生没年未詳

江戸時代に大流行した川柳。その大成者が初代柄井《からい》川柳。蕪村と同時代の人である。初茸《はつたけ》は松の根もとに生える茸《きのこ》。初茸汁というものの、豆腐ばかりで初茸はほんの言い訳ほど。まるで豆腐汁じゃないか。

双眸のそれらの球の海の秋

山田耕司

『不純』やまだこうじ・1967－

眼球にも地球のように海があるというのだ。しかし眼球から地球の海へいたる言葉の運びを注視すべきだろう。双眸《そうぼう》は二つの瞳、赤ん坊や子どもの目を想像する。老人の双眸などちょっと変。未来ある人の瞳である。

黒耀の大き目二つ細き腭《あご》尾を負ふモモンガ悟堂の掌《て》に乗る

窪田空穂

『窪田空穂歌集』くぼたうつぼ・1877－1967

中西悟堂は鳥類研究家にして日本野鳥の会創立者。悟堂先生、モモンガを愛玩していた。そのようすが空穂の歌からいきいきとよみがえる。鮮やかなのは黒燿《こくよう》石のようにきらきら輝く大きな二つの目。まさに画竜点睛《がりょうてんせい》。

鵙《もず》日和水は流るること忘れ

新井秋沙

『巣箱』あらいあきさ・1950－

「水は流るること忘れ」とは水の流れがよどんでいるのではない。さらさらと流れながら流れていることを忘れているのだ。あまりに天気のいい日、空が空であることを忘れるように。雲が雲であることを忘れるように。

やまとぢ　の　るり　の　みそら　に　たつ　くも　は
いづれ　の　てら　の　うへ　に　か　も　あらむ

会津八一

『自註鹿鳴集《じちゅうろくめいしゅう》』あいづやいち・1881－1956

ひらがなは漢字から生まれた。日本人の心の機微を書きあらわすためだろう。とくに和歌。たとえばこの歌を見れば、うなずけるのではないか。青空の雲を見て、その下にある寺を想像している。秋の大空間。

おくれなば尼にならんといふ人と嵯峨野のむしをきくゆふべかな

谷崎潤一郎

『谷崎潤一郎家集』たにざきじゅんいちろう・1886－1965

「おくれなば尼にならん」とは谷崎最愛の人、松子夫人だろうか。あなたに死に遅れたら尼となって菩提《ぼだい》を弔います。王朝物語にありそうな女のせりふ。この場合、男はだまって聞いていればいい。

世の憂きも人のつらきも忍ぶるに恋しきにこそ思ひわびぬれ

藤原元真

『新古今和歌集』ふじわらのもとざね・生没年未詳

つらい世間も薄情な人々も我慢できるけれど、あなたへの恋の悩ましさだけは耐えられません。もし私をあわれと思うなら願いを叶《かな》えて、と訴える恋の歌。これも恋の常套《じょうとう》。元真は平安中期、三十六歌仙の一人。

雲の中歩く標《しるべ》は富士薊

花野くゆ

『子の鞄《かばん》』かのくゆ・1969－

富士山に登らないので富士薊《あざみ》は見たことがない。しかし、この句はわかる。霧の流れの中から紫色の花が現れる。山登りの好きな人だろう。山を題材にしているからではなく、句が楽しそうなので、そう推察する。

面倒臭さうなる桜紅葉かな

川崎展宏

『夏』かわさきてんこう・1927－2009

何が面倒臭いのか。きっと作者が桜紅葉を面倒臭そうと思っているのだろう。桜の葉は秋、淡い紅や黄に紅葉する。楓《かえで》のようなはっきりした色ではない。何を考えているか知れない女性（?）でも連想したのではないか。

夜眠る花あり秋も深まりぬ

今井杏太郎

『今井杏太郎全句集』いまいきょうたろう・1928－2012

夜、花びらの閉じる花がある。いい例が薔薇《ばら》。夜、庭や鉢の薔薇を見ると、花びらがひたと閉じている。やがて閉じられなくなったとき、薔薇は散るのだ。そんな花を見て秋の深まりをしみじみと感じている。

かく故に見じと言ふものを楽浪《ささなみ》の旧《ふる》き都を見せつつもとな
高市黒人

『万葉集』巻三　たけちのくろひと・生没年未詳

だから荒れ果てた近江の都など見たくないといったのだ、それなのに君は私に見せてしまった。白村江で唐と新羅の連合軍に敗れたのち、天智天皇は近江へ遷都した。しかし五年でふたたび飛鳥へ。近江京は廃墟《はいきょ》となる。

古里の深き空より木の実降る
関根洋子

『ことばの芽』せきねようこ・１９４３－

木の実は木から降る。それを空から降るというのは詩の手法である。ここでは故郷への懐かしさの表現でもある。木の実にかぎらず、人もこの深い空に抱かれて育ち、いつかその奥へ帰ってゆく。福島の生まれ。

花の色は隠れぬほどにほのかなる霧の夕《ゆうべ》の野べの遠方《おちかた》

従三位為子

『玉葉和歌集』じゅさんみためこ・生没年未詳

『万葉集』の恋の歌の一節「かくれぬほどに」を題にして詠み合った歌の一首という。何の花だろうか、夕霧をすかして花の色がほのぼのと浮かぶ。本歌が恋の歌だからか、恋の気配さえ漂う。為子は鎌倉時代の歌人。

あたため酒いくたびも世につまづきし

古田紀一

『見たやうな』ふるたきいち・1941－

酒の飲み方にも四季がある。冬は燗《かん》、夏は冷《ひや》。そして秋は温《ぬく》め酒、あたため酒ともいう。朝夕が冷えこみ、木々が紅葉し、火が恋しいころの酒である。ときおり首をもたげる挫折を肴《さかな》に温め酒を酌んでいるところ。

あぢきなし歎《なげ》きなつめそ憂きことにあひくる身をば捨てぬものから

兵衛

『古今和歌集』ひょうえ・生没年未詳

三つの果実や木の実が隠れている歌である。梨、棗《なつめ》、胡桃《くるみ》。言葉をおもちゃにする言葉遊びは詩歌の誕生からつづいてきた。内容は簡単、そんなに嘆いても無駄。これまでつらいことに耐えてきた身は捨てられぬもの。

けふ殊に己《おの》れの見ゆる寒さかな

奥井志津

『初鏡』おくいしづ・1934－

自分が自分に見える。不思議なことである。目は外に向かって自分の顔にあるのだから。もちろん鏡を見ているのではない。とすれば人は自分から離れたところに、肉眼とは別の目をもっていることになる。冬も間近。

◎十一月

村はいま虹の輪の中誰も居ず

永瀬十悟

『三日月湖』ながせとおご・1953－

二〇一一年春、東日本大震災の東京電力福島原発事故で周辺は放射能に汚染された。今も広大な帰還困難区域が残る。一見のどかそうだが、人間のいない村の不気味な沈黙。作者は須賀川市の俳人。句集『三日月湖』から十句をみてゆく。

棄郷にはあらず於母影《おもかげ》原は霧

永瀬十悟

『三日月湖』ながせとおご・1953－

於母影原と呼ばれる場所が存在するのか、架空の野原なのか。どちらでもいい。そこは失われたものの面影がさまよう土地。原発事故によって避難させられた人々には、いつの日か帰る懐かしい故郷の土地。

鴨《かも》引くや十万年は三日月湖

永瀬十悟

『三日月湖』ながせとおご・1953-

メルトダウン（炉心溶融）を起こした福島原発周辺の放射線量の高い地域。その地形が三日月形の湖に見える。放射性の幻の湖。それが消滅するには十万年もかかるというのだ。絶望に近いはるかな希望の歳月。

牛の骨雪より白し雪の中

永瀬十悟

『三日月湖』ながせとおご・1953-

昔、牧場がいくつもあった。そこも福島原発事故で放射能に汚染された。被曝《ひばく》牛は殺さねばならない。殺せずに牧場の外に放して立ち去る人もいた。置き去りにされた牛たちはやがて餓死した。真っ白な骨となって。

コスモスや片付けられし墓百基

永瀬十悟

『三日月湖』ながせとおご・1953－

大地震が襲うまで墓地だった。死者たちが永遠に安らげたはずの場所も、あるいは墓石が倒れ、あるいは海に呑《の》まれてしまった。死者たちはどこへ行ったか。放心のように慰めるように、コスモスが揺れている。

除染の水浴び陽炎の家となる

永瀬十悟

『三日月湖』ながせとおご・1953－

放射能に汚染された家は丸洗いする。放水を浴びた家は、はかない陽炎《かげろう》の固まりに見える。家を洗い流した大量の水は家の代わりに自分が汚染される。汚染水は回収し保管せねばならない。ゴールの見えない連鎖。

かなかなのここは宇宙の渚かな

永瀬十悟
『三日月湖』ながせとおご・1953—

「渚《なぎさ》にて」という映画があった。核戦争で北半球が壊滅。難を逃れたアメリカの潜水艦が南半球のメルボルンに寄港するが……。渚とは海の波が打ち寄せる場所。宇宙から打ち寄せる波のように蜩《ひぐらし》が鳴いている。

牡丹焚火六十キロ先に劫火《ごうか》

永瀬十悟
『三日月湖』ながせとおご・1953—

牡丹《ぼたん》の枯れ木から清らかな炎が立ちのぼる。牡丹焚火《たきび》は須賀川牡丹園の初冬の行事。牡丹の霊たちへの供養である。その東方にある福島原発。メルトダウン（炉心溶融）で溶け落ちた核燃料の残骸（デブリ）が残る。

難民の舟に美し過ぎる銀河

永瀬十悟

『三日月湖』ながせとおご・1953–

ヨーロッパへ逃れる中東難民たち。小舟に身を潜めて。夜空には悠久の銀河。紛争のつづく地上と沈黙する宇宙。この激しい対比が一句の柱である。福島原発の被災地の人がたどり着いた、人類への宇宙的想像力。

泥土より生まれて春の神となる

永瀬十悟

『三日月湖』ながせとおご・1953–

海原を滑る帆立貝《ほたて》の殻に立つ裸のヴィーナス。ボッティチェリの『ヴィーナスの誕生』は海の泡から生まれたばかりの女神を描く。津波のあとの泥から草が芽を吹く。なんと神々しい、春の女神のようではないか。

枯野《からの》を　塩に焼き　其《し》が余り　琴に作り　掻《か》き弾《ひ》くや　由良の門《と》の　門中《となか》の
海石《いくり》に　振れ立つ　なづの木の　さやさや

『古事記』

枯野は巨木で造った船の名。廃材で塩を焼き、琴を作った。その音は由良の海中の岩に揺らぐ海藻がさやさやと潮に鳴るように響いた。船を枯野と名づける、これがすでに詩。琴の音を海藻のそよぎにたとえるのも。

靨《えくぼ》の中へ身を投げばやと　思へど底の邪が怖い

『閑吟集《かんぎんしゅう》』

美しい微笑《ほほえ》みを浮かべてたって、心の底に蛇が潜んでいるもの。女は恐ろしい。過去に何度も痛い目をみた男が、次の恋に踏み出しかねている。『閑吟集』は室町時代の小歌集。老いて隠者となった男が若き日に覚えた小歌を書き集めた。

ふたつほど柿もいで来て忌を修す

山本洋子

『寒紅梅』やまもとようこ・1934－

「忌を修す」とは命日の法要を営むこと。お坊さんを呼んで、お墓参りをしてということになるが、ここは柿を二つ供えただけ。故人との気の置けない仲、柿好きだったことがうかがえるが、何より柿の朱が美しい。

白き船入りきたりぬ歌会の窓よりみゆる和歌山港に

小林幸子

『六本辻《つじ》』こばやしゆきこ・1945－

紀州、和歌山県は扇のように海へ開いている土地。この開放感が紀州人を育て、文化をはぐくんだ。和歌山港はその玄関の港。青く果てしない外洋から白い巨船が入港してくるところ。堂々たる一首である。

秋遍路引き返すには来過ぎたる

角川春樹

『源義《げんぎ》の日』かどかわはるき・1942−

もう引き返せない、来過ぎてしまったとは長い人生に対する作者の感慨。幾分の悔恨を含んだ覚悟である。秋の遍路の姿を借りて、ここに申し述べているのだ。遍路は四国巡礼、弘法大師ゆかりの八十八か寺をめぐる。

姑蘇《こそ》城外　寒山寺
夜半の鐘声　客船に到《いた》る

張　継

『唐詩選』ちょうけい・生没年未詳

中国江南の蘇州(姑蘇)、その郊外に寒山寺がある。夜、楓橋《ふうきょう》の近くに船を泊めて眠れないでいると、鐘が聞こえる。霜夜の空をわたる鐘の声の、何と寂しいこと。張継は唐代八世紀の詩人、七言絶句「楓橋夜泊《やはく》」の後半。

肉体の柱の見ゆるコートかな

佐怒賀正美

『無二』さぬかまさみ・1956－

衣服は体を包み隠す。それと同時に体を見せるものでもある。つまり衣服は羞恥心と顕示欲の間に存在している。この句のコートがいい例だろう。体をすっぽり覆っているようだが、「肉体の柱」がありありとわかる。

たまかぎる近未来ありうばたまの遠未来あり生きて見尽《つく》さむ

高野公彦

『淡青《たんじょう》』たかのきみひこ・1941－

近未来は光り輝いているが、その先の未来は暗闇の中。人類をどんな幸福と苦難が待っているか。いかに悲惨であろうと見尽くしたいと思うのが詩人。人類の運命を見守るのが詩人の宿命というのだ。二十世紀末の歌。

昼からは山茶花に日の当たる庭

辻田克巳

『帰帆』つじたかつみ・1931—

山茶花《さざんか》は初冬の花。庭の片隅にひっそりと咲いては、はらはらと散ってゆく。家の陰になるのだろう、午前中は日の差さない庭である。午前と午後、暗の山茶花と明の山茶花。庭の光景が古い写真のように浮かびあがる。

出雲への路銭《ろせん》はいかにびんぼ神

立圃

『犬子集《えのこしゅう》』りゅうほ・1595—1669

旧暦十月は神無月。日本中の神々が出雲にお集まりになる。わが家の貧乏神よ、どうぞお出かけください。旅行代はお持ちか、簞笥《たんす》の底から掻《か》き集めてでも用立ててさしあげます。『犬子集』は江戸初期、俳諧選集。これが俳句の出発点。

家あらば家のまはりの霜柱

有住洋子

『景色』ありずみようこ・1948－

「家あらば」とは一戸建ての家に住んでいたら、というのだ。その背景には子どものころ、住んでいた家の思い出があるにちがいない。冬の寒い朝、周囲に立った霜柱を踏んで遊んだ。あの音が今も聞こえるのだろう。

荒れあれて雪積む夜もをさな児《ご》をかき抱きわがけものの眠り

石川不二子

『牧歌』いしかわふじこ・1933－2020

人間は言葉を獲得して人間になった。それ以前は動物である。その動物の本性が今も残っている。食べる、恋をする、子を育てる。そのとき人間は一心不乱になれる。歌の「わがけものの眠り」とはその直観的自覚。

この大きけものの愛にほほゑまむ昭和にありし人間の愛　米川千嘉子

『牡丹《ぼうたん》の伯母』よねかわちかこ・1959－

昭和から平成へ。変わった一つは人間関係の密度ではなかろうか。夫婦、親子、ご近所、会社、経済、政治。昭和はどこを切っても濃密な付き合いがあった。そして平成は？　その平成さえ終わろうとしている。

僕等《しもべら》のよゝと盛《もり》けりねぶか汁　召波

『春泥句集』しょうは・1727－72

冬の夕食。下部《しもべ》らが熱い葱《ねぎ》の汁をお椀《わん》からこぼれんばかりにつぎ分けている。仕事を終えた安堵《あんど》も疲れも、夜の寒さも「よゝと」の一語から湧き上がる。大鍋から立ち上る暖かな湯気のように。召波は蕪村の盟友。

数つひに分からずじまひかいつぶり

牛田修嗣

『白帆』うしだしゅうじ・1969－

鳰《かいつぶり》が見たければ、静かな湖に行きなさい。それは鴨《かも》よりも小さな黒い水鳥。一羽あるいは数羽集まって一日中、浮かんだり潜ったりしている。いったい何羽いるのか気になるが、何羽いても一向に構わないのである。

「あなたは」というとき　折りたたまれた君を広げるように言う

前田康子

『色水』まえだやすこ・1966－

一人がもう一人に意見するとき、「あなたは」と切り出すのではないか。この言葉のあとには「あなた」のいつもの行状や心理が語られる。「あなた」にそれを自覚させるために。そう語り出すのはたいてい女。なぜか。

切《き》れ文《ぶみ》は腹いっぱいな事を書《かき》　『誹風柳多留《はいふうやなぎだる》』

切れ文は離縁状。腹に収めていたあれやこれやが、大洪水のようにしたためられる。現代では離婚訴訟でしばしば繰り広げられる光景だろう。このさい、すべて棚卸しして勘定する、それが清算。今も昔も男女間の仲は川柳の格好の餌食。

雪の山山は消えつつ雪ふれり　高屋窓秋

『石の門』たかやそうしゅう・1910－99

舞いはじめたと思うと、降りしきっている。やがて雪の季節。くっきりと浮かんでいた遠くの雪の山々の姿も、しだいに消えてゆく。無数の白によってかき消される白。それとも無の断片によって埋められてゆく無。

語るべき自己などあらず一塊の感覚器官死ぬまで太る　安藤菫

『はるかなる虹』あんどうすみれ

自分を語るのは難しい。どう語ろうと自己正当化になるから。これは言葉の罠《わな》だろう。歌集も句集もその集積。巻末のこの歌も雄弁に自分を物語る。語るべき自己などないといいたい、そんな心境であると。

◎十二月

桐一葉ぎいと音して虚空より

三森鉄治

『山稜《さんりょう》』みつもりてつじ・1959―2015

天下の秋を知らせる桐《きり》の葉が一枚舞い降りる。舟がきしむような「ぎい」という音を心の耳が聞きとめた。三森鉄治、二〇一五年秋、才能を惜しまれながら他界。享年わずか五十六。九月に出版された句集『山稜』の十句をみてゆく。

海鳴りのまた天に満ち春の富士

三森鉄治

『山稜』みつもりてつじ・1959―2015

春の空から海鳴りが聞こえる。きっと空のかなたに海を感じているからだろう。三森は山梨県勝沼の人。富士山を北から眺めて暮らしていたことになる。しかし、そんなことを忘れさせる、堂々たる春の富士山である。

砕かれて日へこぞり立つ氷かな

三森鉄治
『山稜』みつもりてつじ・1959-2015

たとえば人間の力で粉々になった氷。そのかけらがみな太陽を向いて輝いている。「こぞり立つ」という言葉に、ぞくぞくする感じが今もある。こうした激しい感受性は、持ち主に必ずしも平坦《へいたん》な道を歩ませない。

夏の蝶少年を連れ去りしかな

三森鉄治
『山稜』みつもりてつじ・1959-2015

時の彼方《かなた》の少年時代を懐かしんでいるのだ。あの少年は夏蝶《ちょう》を追って、どこかへ行ってしまった。そして今も行方不明のまま。かつての自分への追悼句といってもいい。その少年を追うように三森もこの世を去った。

亡き師亡き村ひぐらしのこゑの中

三森鉄治

『山稜』みつもりてつじ・1959―2015

「亡き師亡き村」と「亡き」を二度重ねる。亡くなった先生、その先生がすでに亡くなってしまった村というのだ。この重複が深い喪失感を描き出す。三森は二十代半ばから飯田龍太に学んだ。二〇〇七年、龍太逝去。

冬銀河いのち支へるものに死も

三森鉄治

『山稜』みつもりてつじ・1959―2015

二〇一四年、五十五歳で末期癌《がん》が判明。三森は許された短い命を生きることになった。その翌年の句である。死によって命が支えられる。一読矛盾しているようだが、死が目前に迫るからこそ懸命に生きようとした。

戸板いちまい秋の野に倒れをり

三森鉄治

『山稜』みつもりてつじ・1959-2015

秋の草原に戸板が一枚。唐突な情景ではある。ただ「倒れをり」という言葉の選択が、この戸板を「行き倒れ」の人であるかのように思わせる。人生半ばにしてこの世を去らねばならぬ自分の姿でもあったのではないか。

貝殻のうちなる白さ涼夜なり

三森鉄治

『山稜』みつもりてつじ・1959-2015

貝の肉体は滅んで貝殻が残る。生きているうちは外に晒《さら》されなかった貝殻の内側。いわば秘められた白。人間でいえば骨の白さである。ひそかな死への思いを一個の貝殻に象徴させている。そうと気づかれないように。

さし伸ばす掌に滴りの弾けたる

『山稜』みつもりてつじ・1959－2015　三森鉄治

滴りは落下する泉。あるいはささやかな滝。夏の山をあふれて岩を流れ落ちる。その夏山の命への讃歌《さんか》である。作者は滴りを掌《て》で受け止め、その弾《はじ》ける力をいとしんでいる。自分の死後もつづくこの世界に憧れているのだ。

またの世も師を追ふ秋の蛍《ほたる》かな

『山稜』みつもりてつじ・1959－2015　三森鉄治

死んで蛍に生まれ変わるというのではない。秋の蛍を眺めながら、もし次の世があるなら、また同じ師を追いつづけると思ったというのだ。師は飯田龍太。龍太の結社「雲母」の人々はこれと同じ思いで結ばれていた。

中原中也

海にゐるのは、
あれは人魚ではないのです。
海にゐるのは、
あれは、浪ばかり。

『在りし日の歌』なかはらちゅうや・1907－37

子どもはいつか大人になり、子どものころに聞いた話が夢であったことを知る。海に人魚はいないどころか、浪《なみ》が空を呪っている。人生とはそんなものと片づけるところを詩人は詩にする。「北の海」冒頭の四行。

子が出来て川の字形《なり》に寝る夫婦

『誹風柳多留《はいふうやなぎだる》』

「川の字」といえば親子三人仲よく寝ているところ。この川柳もそうみえるが、じつは「離れこそすれ離れこそすれ」という前句に付けたもの。毎夜、片時も離れず寝ていた夫婦が赤ん坊ができて「川の字」に。うれしいやら、哀《かな》しいやら。

わが村ゆ売られ売られて能登海の宇出津港に酌《しゃく》する娘《こ》はも

結城哀草果

『群峰』ゆうきあいそうか・1893－1974

哀草果は明治二十六年（一八九三年）、現在の山形市に生まれた。宇出津《うしつ》港は能登半島の漁港。同郷の娘が流れ着いたのがそこだった。貧しさゆえに親が娘を売るという悲惨な現実が、そう遠くない昔に厳然と存在した。

咳《せ》き込めば我火の玉のごとくなり

川端茅舎

『白痴』かわばたぼうしゃ・1897－1941

茅舎は若くして結核に侵され、昭和十六年（一九四一年）、四十代半ばで死去。激しい咳《せき》に襲われる自分を「火の玉」のようだと感じる。この一言の比喩に運命をみつめる孤独も、病ゆえの高揚も見て取れるだろう。

縄文の濃闇《こやみ》の中に乾きたる朴の広葉はかあんと落ち来　　峰尾碧

『森林画廊』みねおみどり

朴葉味噌《ほおばみそ》は朴の葉に味噌を塗って炙《あぶ》る。味噌はともかく、朴の大きな葉はそれこそ縄文の昔から重宝されてきたにちがいない。その枯れ葉が舞い降りて着地するとき、大音響を発する。太古の音を想像している。

ほれぼれと日を抱《だく》庭の落葉哉《かな》　　吏登

『吏登句集』りとう・1681－1755

庭の落ち葉に冬の日がさしている。それをうっとりと眺めている。病弱だったというが、その感じはこの句からもうかがえる。芭蕉の孫弟子の俳諧師。晩年、十八句を残して句稿を焼かせた。没後、弟子たちが編んだ『吏登句集』から。

猫ドアは内外《うちそと》に揺れ蝶番たのしかろうまた猫を通して

永田紅

『春の顕微鏡』ながたこう・1975―

『不思議の国のアリス』に小さなドアの話がある。大きくなってしまったアリスが通るにも通れない。猫ドアは人間用のドアに作った猫用のドア。猫ドアの蝶番《ちょうつがい》は楽しそうだが、人間ドアの蝶番は重々しくきしむ。

われは九十歳《くじゅう》モモは二十歳《はたち》にならむとす共に死なむよ老いたる二人

井上美地

『残照』いのうえみち・1928―

「花よりほかに知る人もなし」という古い歌にならえば、「猫よりほかに知る人もなし」。この猫以上に私を知ってくれている者はいない。ともに死にたいなどと猫が思うはずもなく、黙って聞き流している。

冷ゆる夜にふとんの裾ゆもぐりこむミミなくて知る足のさみしさ

佐古良男

『念彼《ねんぴ》猫力《にゃんこりき》』さこよしお・1955－

人間の足は淋《さび》しい形をしている。女優の美しい足も横綱のたくましい足も、淋しいという点では同じ。淋しい足に支えられているのだから、人間が淋しくないはずがない。猫で足を温めたいのもその淋しさゆえ。

夢あまた大根の葉をみぢん切り

加藤峰子

『鼓動』かとうみねこ・1948－

大根の葉を刻んでいる。熱いご飯に混ぜて、おにぎりにしたらおいしいだろう。それはともかく、この句、たくさんの夢もいっしょに刻んでいるかのよう。実現した夢、しなかった夢、捨てた夢、夢のままの夢も。

踏みのぼる宗祇のみちの氷かな

鷲谷七菜子

『天鼓《てんく》』わしたにななこ・1923－2018

宗祇は室町時代、連歌の黄金期を築いた連歌師。長い旅の途中、箱根で没した。八十歳か。「宗祇のみち」とはその山道であり、連歌の道でもある。「氷」の一字、乱世に優美を追い求めた宗祇の心を象徴している。

富士といふ大水塊の氷りけり

山田洋

『一草《いっそう》』やまだひろし・1934－2018

商社マン引退後、七十歳で俳句をはじめた。八十歳で十二指腸癌《がん》の手術を受け、余命最長五年を告げられる。その日から俳句の鬼になった。富士山のたたえる膨大な水が作者には透けて見える。今春、八十四歳で死去。

我が背子《せこ》と二人見ませばいくばくかこの降る雪の嬉《うれ》しからまし　光明皇后

『万葉集』巻八　こうみょうこうごう・701－760

今、舞いはじめた雪をあなたと眺められたら、どんなにうれしいでしょう。千三百年前の奈良平城京。光明皇后が夫（我が背子）の聖武天皇に贈った歌という。天皇、皇后ものびのびと恋の歌を詠み、贈り合った。

けさ空気に光の胞子きらきらす　ああ小さな翼まである　日高堯子

『空目の秋』ひたかたかこ・1945－

太陽の光の中で目を細めると、光の粒子が見える。冬晴れの日はとくに。雪の降り積もった朝はなおさら。と思っていたら、見える人と見えない人がいるらしい。この歌の作者には見える。天使のような小さな翼も。

雪の日は雪の結晶また見たし実家の小さき顕微鏡にて　栗木京子

『ランプの精』くりききょうこ・1954－

雪が解けてしまわないよう、冷たくしたガラス板。そっとひとひらの雪をのせて顕微鏡をのぞく。そこに浮かび上がるのは人間の肉眼では見えない、いわば物質の見る夢。今も世界は細部で夢を見つづけている。

積もりゐる雪の最中をみなぎらひ流れゆくなりここの最上川　吉村睦人

『蠟梅《ろうばい》の花』よしむらむつひと・1930－2019

斎藤茂吉は終戦直後、郷里の山形県上山に近い大石田に住んだ。戦争について短歌について、最上川のほとりで何を瞑想《めいそう》したか。その地を訪ねて詠んだ歌。雪の山々の間を最上川が今も変わらず滔々《とうとう》と流れてゆく。

みどり子の頭巾眉深《まぶか》きいとおしみ

蕪　村

『蕪村全集』ぶそん・1716－83

子猫も子狐《こぎつね》も人間の赤ちゃんもかわいい。哺乳類の子は母親のお乳を飲み、大事に育てられる。かわいいのは母の愛をたしかなものにする自然の秘策にちがいない。蕪村の句、頭巾（フード）の奥で赤ちゃんが笑っている。

そのはなし榾火《ほだび》板戸も笑ひけり

宇佐美魚目

『松下童子』うさみぎょもく・1926－2018

木曽駒ヶ岳のふもと、木曽川のほとり。灰沢鉱泉は魚目の愛した宿だった。囲炉裏を囲んでの冬の円居《まどい》。娘に化けた狸《たぬき》にだまされた、などという怪しげな話に炉の火も板戸も笑いに包まれる。今秋、死去。九十二歳。

宙《ちゅう》吊《づ》りにされし店内の自転車が運命を待つごとく華やぐ　長澤一作

『冬の暁』ながさわいっさく・1926－2013

地球の引力によって地上にあるはずのものが宙に舞い上がる。ガルシア・マルケスのある小説に、少女が真っ白なシーツに包まれて昇天する印象的な話があった。風船のように天井に浮かぶ自転車。日常の中の奇跡。

故郷　今夜　千里に思う
霜鬢《そうびん》　明朝　又《また》一年　高適

『唐詩選』こうせき・702?－765

今年最後は唐の詩人、高適の「除夜の作」後半二行。大晦日《みそか》の夜、故郷の人々を思って眠れない。一夜明けて新年を迎えれば鬢の白髪が増え、年を一つ重ねることになる。もとは博徒の高官、直言の人であったと伝える。

◎一月

よき思案何一つなしただ明るき空にきてゐる新しき年

馬場あき子

『あさげゆふげ』ばばあきこ・1928－

年が明けたからといって変わったことがあるわけではない。個人の問題、人類の問題について解決の妙案が浮かぶわけでもない。今年九十一歳となる歌人の心に世界はどう映っているか。旧年に出た歌集『あさげゆふげ』の十首をみてゆく。

土大根《つちおほね》土深く白き身を秘めて雪に降らるる愛《かな》しきものを

馬場あき子

『あさげゆふげ』ばばあきこ・1928－

土大根は大根のこと。それを白い身を地中に秘めてといえば、明らかに女性のイメージだろう。その姿が哀《かな》しく、いとしい、それが「愛し」である。戦時下にあたら青春をすごした自分への愛惜でもあるはず。

わが庭を通りて深い闇にゆく猫の道あり昼はなき道

馬場あき子

『あさげゆふげ』ばばあきこ・1928－

家の明かりのもれる庭。その明かりをよぎって猫が大きな闇へと消えてゆく。その闇の奥に何が待っているか。おそらく猫だけに許される底なしの闇の世界があるのだろう。日常に開いた魔の世界への抜け穴。

化粧なき老女は化粧せしわれをしばし眺めてやをら眠れり

馬場あき子

『あさげゆふげ』ばばあきこ・1928－

電車で偶然、向かい合わせた女と女。化粧をしていない老女が、化粧をした同年代の私を不躾《ぶしつけ》に眺める。その視線をじわりと感じながら老女を歌にする私。老女も意地悪だが、迎え撃つ私もなかなか辛辣《しんらつ》。

現実さへ夢と思はるるゆめの世に海底にゐる空母そのほか　馬場あき子

『あさげゆふげ』ばばあきこ・1928－

この世を夢の世という。現実が刻々と変化することを思えば、現実もまた消えてゆく夢。その夢の世の夢のような海の底に、「空母そのほか」地上海上の残骸が夢を見るように眠っている。まさに夢のまた夢。

現実にゆめが入りくるけはひする時ありてふとドア静かなり　馬場あき子

『あさげゆふげ』ばばあきこ・1928－

現実の世界に夢が侵入する。あるときは大洪水のように。またあるときは忍び足の恋人のように。その瞬間を目撃するのは難しいが、夢の通路にあるドアはそれを知っているかもしれない。ドアという夢の共犯者。

朽ちてゆくかたちはみえて朽ちゆかぬ思ひあることなまぐさきなり

馬場あき子

『あさげゆふげ』ばばあきこ・1928－

この身は朽ち果てようとしているのに、この思いは断ち切ろうにも断ち切れない。どうしようもない恋の妄執にとりつかれた、あわれな女がつくづくわが身の浅ましさを嘆く。いうまでもなく恋の歌である。

「浦島」といふ狂言はかの箱を開けて若がへりたりあはれ可笑《おか》しく

馬場あき子

『あさげゆふげ』ばばあきこ・1928－

復曲狂言「浦島」は浦島太郎のパロディー。老人の助けた亀が恩返しに玉手箱を贈る。蓋を開くと若返りという永遠の願いが叶《かな》う。ただし舞台という夢の空間のできごと。「あはれ」はそれを夢と知る人のため息。

残り住むもののみが見る春の庭杏の花も散りつくしたり

馬場あき子

『あさげゆふげ』ばばあきこ・1928－

死があるかぎり死者と生者がいる。そして、この世のことには生者しかかかわれない。死者は杏《あんず》の花の散り敷いた庭さえ眺められない。生者のみに許されたこの世界はそれだけで不思議の輝きに包まれている。

死なうと思つた恋もなけれど死んだふりの恋さらになし凡《ぼん》なりしかな

馬場あき子

『あさげゆふげ』ばばあきこ・1928－

「死んだふりの恋」ってどんな恋？　夏目漱石の『門』のお米と宗助のように、親友の細君を奪って崖下の家で二人ひっそり身を寄せ合って暮らしている。おおかたの人は小説の中だけで体験する非凡の恋？

水仙の束解けば花手にあふる

林　亮

『瞭《りょう》』はやしまこと・1953－

葉がちに見えた水仙の花束。それを解くと、葉に隠れていた花が扇を開くように両手に広がった。水仙は寒中の花。花の少ないこの季節に香り高い簡素な花を咲かせる。冬に耐えて咲く花だからこそのはなやかさだろう。

若き日の恋は歳経て酢となるやワインとなるやと若者の言う

モーレンカンプふゆこ

『Ｌｏｖｅ』1943－

酢もワインも発酵の賜物《たまもの》。では恋は発酵すればどうなるのか。作者は人生の大半を外国で暮らしてきた人。恋する若者が老人に問う。この場面自体、ヨーロッパ的。ソクラテスもニーチェも対話から生まれた。詩歌写真集『Ｌｏｖｅ』から。

狼ののど笛すすぐ村肝の水汲《く》みにゆく霜の道あり

海堂摩夜子
『あそばうか』かいどうまやこ・1933-

狼《おおかみ》が嗽《うがい》する、そんな言い伝えのある泉か沢か。霜の降りた朝、山道を踏んでゆく。吉野山に住んだ前登志夫（二〇〇八年没）の門下。日本狼はすでに絶滅したといわれるが、伝説や詩歌の中ではいまも健やか。

岐路のない日常があり一度だけ渡った橋のかたい静けさ

小野田光
『蝶《ちょう》は地下鉄をぬけて』おのだひかる・1974-

岐路のない日常？　選択の余地のない日常ということか。そのどこかで渡った橋の灰色の静けさが記憶に残っている。作者の人生観、時代の閉塞《へいそく》感を映し出しているかもしれない。一九七四年生まれ。

色事にかけてはまめな男なり　『誹風柳多留《はいふうやなぎだる》』

古来、日本の恋の道において男に求められてきたのは、ひたすら「まめ」であること。今風にいえば誠実である。在原業平も光源氏も「まめをとこ」の鑑《かがみ》として描かれる。この川柳が描くのも江戸時代の「まめをとこ」。

雪だるまづくりが下手になつてゐてなんてつまらぬ人生だらう　白石瑞紀

『みづのゆくへと緩慢な火』しらいしみずき・1968－

大人にとっての価値はすべてお金に換算できる。子どもにとっての価値はそうでもない。雪達磨《だるま》作りとか木登りとか。そうした無価値の価値を見失ってゆくのが人生なら、人生なんてというのだ。

大髭に剃刀の飛ぶさむさかな

許六

『韻塞《いんふたぎ》』きょろく・1656－1715

剃刀《かみそり》が飛ぶ？　電気剃刀か最新式のシェーバーしか知らない人には理解しがたいかもしれない。ここにあるのは歴とした剃刀。その字のとおり一種の刀である。髭《ひげ》を剃《そ》らせている剃刀が視野の端にひらめくのだ。俳諧選集『韻塞』から。

別れきし白鳥空に現はるる

中田尚子

『一声《いっせい》』なかたなおこ・1956－

大きな河か湖か、白鳥を見にいったのだ。その帰り、車の窓から数羽の白鳥が飛ぶ姿が眺められた。別れを惜しむかのように。白い大きな鳥であるがゆえに夢のように思われる。これが鴨《かも》や雁《がん》なら何でもないのだが。

目が覚めて死んでゐるわれに気づいたらそのまま閉ぢてまた眠るべし

永田和宏

『某月某日《ぼうげつぼうじつ》』ながたかずひろ・1947－

朝いつものように起きて、ベッドの上に自分の死体を発見したら、どんなに驚くだろう。これでやっと私の人生も終わりと思うだろうか。しかし、その状態はまだ死ではない。ふたたびの眠り、それがホントの死？

いきさつは思いだせない「母さんの足をあげる」と言われ泣きにき

永田愛

『アイのオト』ながたあい

誰でも哀《かな》しみを抱えている。ここにいるのは母と娘。どうしてそんな場面になったか。「思いだせない」とは思い出してもしかたがないというのだろう。この言葉には、まつわりつく哀しみを振り払う力がある。

沫雪《あわゆき》の庭に降り敷き寒き夜を手枕《たまくら》まかずひとりかも寝む

大伴家持

『万葉集』巻八　おおとものやかもち・718?－785

雪があわあわと庭に降り積もったこの寒い夜。手枕をしてくれる人もそばにはおらず、私は今夜も独り淋《さび》しく寝るのだろうか。冴《さ》えわたる夜気に攻められる自分一人の体のぬくみ。そして思い描くもう一人の肌のぬくみ。

琴取れば嘆き先立つけだしくも琴の下樋《したび》に妻や隠《こも》れる

作者未詳

『万葉集』巻七

妻に先立たれた男の歌。もしや琴の中に妻が隠れているのではないかしら。琴を抱き寄せても、悲しいため息が出るばかり。下樋は和琴の表板と裏板の間の空洞。愛する人の気配がその人の愛した琴を今も離れないのだ。

榾《ほだ》は燃え人らは黙《もだ》を楽しめり

加藤あや

『うすき銀河』かとうあや・1938―

榾を包む炎を黙って見つめているのだ。「人ら」とあるから二、三人ではなく、もっと大勢で火を囲んでいるのだろう。どんな場面か不明だが、つかの間の満ち足りた時。炎に照らされる人々の顔が浮かび上がる。

切口《きりくち》のそろふ炭火に手を焙《あぶ》り百日《ももか》の冬も過ぎむと思ふ

宮英子

『婦負野《めひの》』みやひでこ・1917―2015

平成が終わろうとする今、昭和という時代の姿が鮮やかに浮かび上がる。たとえばこの歌。家には火鉢があって、それを囲む家族の冬の暮らしがあった。火鉢も炭も家庭から消え、家族のありようも変わってしまった。

氷上に夫婦の旅囊一個置く　沢木欣一

『地聲《じごえ》』さわききんいち・1919－2001

旅囊《りょのう》は旅の鞄《かばん》。鞄なら今も使うが、それを旅囊と呼ぶ人はまずいない。この句、気楽な旅だったかもしれないのに、夫婦の旅囊といえば、さすらいの心が表れる。どこからかどこかへ、誰もが移動していた昭和の一コマ。

なべて思想つぎて潰《つい》えきうつうつと思へば明治、大正、昭和　成瀬有

『海やまの祀《まつ》り』なるせゆう・1942－2012

思想、イデオロギーによって大勢の人が動く。考えてみれば、これも大衆化の進んだ近代特有の現象ではなかったか。思想は頭で作られる。やがて胃袋（欲望）に裏切られて、次々に消滅したのは歴史のとおり。

孤舟《こしゅう》 蓑笠《さりゅう》の翁《おう》
独り釣る 寒江《かんこう》の雪

柳宗元

『柳宗元詩選』りゅうそうげん・773−819

雪の降る河に浮かぶ一艘《そう》の小舟。みれば蓑《みの》、笠《かさ》の年寄りが一人、釣り糸を垂れている。柳宗元は唐の詩人。政治改革に失敗し、左遷された永州（湖南省）での作「江雪」の後半。行の最初の字をつなげばまさに孤独。

待春《まつ》や氷にまじるちりあくた

智月

『炭俵』ちげつ・1633?−1718

塵《ちり》や芥《あくた》が水に混じって凍りついた。そこに近づく春を感じている。塵も芥も人間の生活が生み出すもの。人の世の暮らしのなつかしさを、春の待ち遠しさへ転換した。鋭い季節感といわなければならない。芭蕉一門の俳諧選集『炭俵』から。

今日も暮るる吹雪の底の大日輪

臼田亜浪

『亜浪句鈔《くしょう》』うすだあろう・1879－1951

猛吹雪に透けながら沈んでゆく巨大な太陽。雪の勢いが弱まったとき、太陽が一瞬、姿を現したのかどうか。時の流れを飛び越えて、それを一息に「吹雪の底の」といえるのが俳句の力である。北海道網走での作。

鶯餅裏山はいまこんな色

佐藤郁良

『しなてるや』さとういくら・1968－

前山は家の前にある山、裏山は裏にある山。前山は日々眺める山だが、裏山は始終感じている山。たとえその家にもう住んでなくても。薄緑の粉にまみれた鶯餅《うぐいすもち》を見て、いつも自分の背後にある山の春を想像した。

◎二月

われに還《かえ》りあなたへ還り花々を摘みとる指のような春風

二三川練
『惑星ジンタ』ふみがわれん

恋の歌である。抱き合っていた二人が抱擁を解く、その目覚めるような感じ。体が離れると心も「われ」と「あなた」に戻る。短歌・俳句の新人は続々と出てくるが、未来を予感させる人は稀《まれ》。第一歌集『惑星ジンタ』の十首をみてゆく。

唇は花の形にひらかれる　朝とは大学生の放課後

二三川練
『惑星ジンタ』ふみがわれん

二人で一夜を過ごしたあとの気だるい朝。また唇を求めながら、大学のことも気にかかるのだ。「朝とは大学生の放課後」という開き直りが笑わせる。親はびっくりかもしれないが、夜も含めて大学生活ということ。

天使による天使のための共食いの跡をかき消す火星の嵐

二三川練

『惑星ジンタ』ふみがわれん

巨大望遠鏡が映し出す火星の砂嵐。そこから「天使の共食い」というすさまじい想念の世界へ。地下鉄の出口を出るように軽々と転じてゆく。この場合、火星は「人間の共食い」がつづく地球の比喩でもある。

初期も後期も同じことしか言ってない人を読んでるいつものカフェで

二三川練

『惑星ジンタ』ふみがわれん

「ほら、そんな小説家いるよね」という歌。現実の作家の誰かを思いながら。問題はそれを拒否せず読んでいること。しかも「いつものカフェ」で。ここにこの世代の柔軟さをみるべきか、従順さをみるべきか。

知っていた未来ばかりが訪れてたとえば黄身がふたつの卵　　二三川練

『惑星ジンタ』ふみがわれん

世界に新しいものは何もない。二十世紀の人類を悩ませた憂鬱《ゆううつ》な歴史観。それが日常化したとみるべきか。では、その世界をどう生きて行くかと問うべきなのだろう。フライパンで焼かれる二つの黄身を前にして。

全身でくだく雨粒錆《さ》びついた自転車をこぎ大人になるな　　二三川練

『惑星ジンタ』ふみがわれん

空気を読むとか、世間の常識に合わせて生きてゆける人。それを大人というのか。ただ今の大人が若者であったとき以上に、若い人々は大人であろうとしているようにもみえる。そんな同世代への反逆の一首か。

友だちよもう友だちじゃないからね蟻の巣に流したコカ・コーラ

二三川練

『惑星ジンタ』ふみがわれん

「裏切る」という言葉には苦渋が満ちている。だが、「裏切られる」という言葉は言い訳にすぎない。この歌、「裏切られた」といわず、いきなり次の場面。昔なら苦いコーヒーだろうが、甘い決別の印、コーラ。

人権の数だけチョコレートをあげる　君と君と君には空港をあげる

二三川練

『惑星ジンタ』ふみがわれん

表現の自由や法の下の平等。人権＝チョコレート、この数式がまず謎である。言い足りなかった言葉のように、途切れてしまった今朝の夢のように。さらに空港のプレゼント。荒唐無稽だろうと夢は自由。

入口と思ってくぐったものがみな出口であったような悲しみ　　二三川練

『惑星ジンタ』ふみがわれん

これからはじまると思っていたのに、終わってしまっていた。誰でもときどき経験するが、もしこれが時代そのものだったらどうだろうか。「出口世代」ともいうべき平成世代の世界観を代弁するかのような一首。

惑星がはばたくような熱風にアイスクリームとかされてゆく　　二三川練

『惑星ジンタ』ふみがわれん

ギラギラと輝く真夏の熱風にあおられながら、ふと思った。まるで地球が羽ばたいているみたいじゃないか。もちろん地球に翼はないが、熱風が透明な巨大な翼に見えてしまう。たくましい比喩である。

春たつや静《しずか》に鶴の一歩より

召　波

『春泥句集』しょうは・1727－72

氷のように動かない冬の鶴を「凍鶴《いてづる》」という。凍鶴の氷が溶けて歩みはじめる。その最初の一歩のように春がゆっくりと動きはじめた。旧暦時代の正月（旧正月）は立春に前後して訪れた。だいたい太陽暦の二月初め。

鶴ほどのかろき柩を運びけり

我妻民雄

『現在』わがつまたみお・1942－

ある女性の追悼句である。この場合「鶴ほどの」は柩《ひつぎ》の軽さを表しているにすぎない。だが柩に鶴が横たわっているかのような幻想を生み出す。あるいは鶴のようにほっそりとした人を想像させる。これが言葉の力。

文《ふみ》は遣《や》りたし　詮方《せんかた》な通ふ心の　物を言へかし

『閑吟集《かんぎんしゅう》』

あの人に恋文を渡したいけど無理。わが身を離れて自由に行き来する心よ、お前がこの思いを伝えてくれたらいいのに。古代から遊芸者たちに歌い継がれてきた歌謡は室町時代、「小歌」となって流行した。それを拾い集めた『閑吟集』から。

探梅やだれの母でも子でもなく

橋本薫

『青花帖《せいかちょう》』はしもとかおる・1949－

子どもがいなければ「だれの母でもなく」とはいえる。しかし「だれの子でもなく」とは？　すべてを振り捨てて、広大な天地の間をさまよう。どこかで香る寒中の梅を訪ねて。そうした一つの覚悟の表明だろうか。

椎の木は殿様よりは名が高し

『誹風《はいふう》柳《やなぎ》多留《だる》』

「怖い怖い」と耳を押さえても怪談は聞きたい。江戸本所の肥前松浦家に、川柳にも詠まれた名物の椎《しい》の木があった。「落ち葉なき椎」というあだ名のとおり、葉を落としたことがない。「なんだ、そんなの」と笑いながら背筋がひやりとする話。

白鳥になる夢も見し昔かな

矢野京子

『花びら餅』やのきょうこ・1954－

少女のころ、あるいは二十歳のころ、人は夢という希望を道標に、人生の森に分け入ってゆく。そして数十年がたち、やっと気がつくのだ。若い私を誘った、あの夢は何だったのかと。水に遊ぶ白鳥を眺めながら。

遥《はる》かに知る　是《こ》れ雪ならざるを
暗香《あんこう》の来《きた》る有るが　為《ため》なり

王安石

漢詩大系『宋詩選』おうあんせき・1021－86

遠くからでもわかる、あの白いものが雪でないことが。なぜって、ほのかな香り（暗香）がここまで漂ってくるから。五言絶句「梅花」の後半。けなげにも寒さをついて、垣根の梅の枝に花が咲いたとはじめる。

子を叱り子の後を追い子を抱く昨日のつづきのわたくしの影

岩井久美子

『峠のうた』いわいくみこ

子育て最中のお母さんの歌である。昨日もこうやって、よちよち歩きの子どもを追いかけていた。昨日、一昨日、一昨々日の自分の影が記憶という鏡の奥に浮かんでいる。あわただしくも、きっと幸福な日々の残像。

面體《めんてい》をつゝめど二月役者かな

前田普羅

『定本普羅句集』まえだふら・1884－1954

頭巾で顔を隠してはいるものの、役者の色香が匂うばかり。「二月役者」とは聞き慣れない。正月は舞台を空けられない歌舞伎役者が、二月になって贔屓《ひいき》筋の挨拶に回っているところだろうか。東京に残る江戸の面影。

覚めて見る一つの夢やさざれ水庭に流るる軒低き家

窪田空穂

『さざれ水』くぼたうつぼ・1877－1967

ときおり心に浮かぶ幻だろう。「軒低き家」といえば、つつましい家を想像するが、家の大小ではない。心の奥にひっそりと佇《たたず》む家。懐かしい人々が住んでいる家。いつか帰りたいと思いながら、ついに帰れない家。

長年のうちに短くなりし分《ぶん》われらは食《は》みしやこの擂粉木を

安立スハル

『安立スハル全歌集』あんりゅうすはる・1923−2006

変なことが気になるものだ。この歌の作者は短くなった擂粉木《すりこぎ》を前にして笑っている。一本の擂粉木をいきなり食べろといわれれば、困ってしまう。しかし、時間をかけて少しずつ食べているじゃないか。

地にあらば連木すり鉢猫の恋

大江丸

『俳懺悔《はいざんげ》』おおえまる・1722−1805

天にあれば比翼の鳥、地にあれば連理の枝。白楽天の「長恨歌」にある仲むつまじい男女のたとえ。あれは楊貴妃と玄宗皇帝という高貴な方々のこと。擂り粉木《すこぎ》（連木）と擂り鉢みたいなものだよ、猫の恋は。俳諧句文集『俳懺悔』から。

じゆぶじゆぶと水に突込《つっこ》む春霰

岸田稚魚

『雪涅槃《ゆきねはん》』きしだちぎょ・1918−88

耳というよりも心で聞いている音がある。この句の「じゆぶじゆぶ」などがそれ。霰《あられ》が水に降りこむとき、音はするだろう。耳で聞きとれなくても、「じゆぶじゆぶ」と音がするように感じる。妙に肉感的な音である。

うぐひすに踏《ふま》れてうくや竹柄杓

鳳朗

『鳳朗発句集』ほうろう・1762−1845

手水鉢に突っ込んだ柄杓《ひしゃく》の柄に、あわて者の鶯《うぐいす》が止まった。小鳥の重みで柄杓が傾く。あっと驚いた鶯はパッと飛び去っただろう。よくもこんな些細《ささい》なことを句にしたものだ。世界は細部でできているというかのように。

銭なくてたもとふたつも長閑《のどか》なり　一瓢

『玉山人家集』いっぴょう・1770－1840

着物にはなぜ袂《たもと》があるのか。無役そうで、じつは重宝したらしい。恋文を隠したり財布を入れたり。「袖の下」といえば袂に忍びこませる賄賂だから厄介だ。この人、袂に賄賂も財布もなく春風になびくばかり。

山彦もぬれん木の間ぞ雪雫　乙二

『松窓《しょうそう》乙二発句集』おつに・1756－1823

山彦は山の精霊。人に姿は見せないが、呼びかければ鸚鵡《おうむ》返しに谺《こだま》を返す。その山彦もずぶ濡《ぬ》れにちがいない。こんなに雪解けの雫《しずく》がさかんに滴り落ちるのでは。春の訪れを喜ぶ一句。乙二は白石（宮城県）の人。

我が背子《せこ》が犢鼻《たふさぎ》にする円石《つぶれいし》の吉野の山に氷魚《ひお》そ懸《さが》れる　安倍子祖父

『万葉集』巻十六　あべのこおおじ・生没年未詳

直訳すれば、愛する人が褌《ふんどし》にする丸い石の吉野山に氷魚（鮎《あゆ》の子）がぶらさがっているよ？「ナンセンス（無意味）な歌に褒美を出そう」と主人にいわれて作った歌。言葉を非論理的に使うのはかえって技を要する。

◎三月

すみ〴〵にのこる寒さや梅花《うめのはな》

『蕪村全集』ぶそん・1716－83　蕪村

ときおり懐かしく思い起こす俳句がある。蕪村の句もその一つ。ずけずけとこちらに迫るのではなく、気がつけば慎《つつ》ましくそこにある。この句、梅の咲く早春の空気の感触、光の帯びる翳《かげ》りをとらえる。春の十句を拾う。

しら梅のかれ木に戻る月夜哉《かな》

『蕪村全集』ぶそん・1716－83　蕪村

梅は花が散ると、いったん枯れ木に戻る。誰も気にとめないその時期の梅の木を春の月が照らす。梅の見どころはこんなところにもあるのだよ、といいたいのだろう。柔らかな若葉が萌《も》え出るのはしばらくたってから。

箱を出る皃《かお》わすれめや雛二対　　蕪村

『蕪村全集』ぶそん・1716－83

桃の節句にお雛《ひな》様を箱から出す。そのときめきが「わすれめや」である。どうして忘れようか、忘れないというのだ。句の要は「一対」ではなく「二対」であるところ。二組それぞれに忘れられない思い出があるのだろう。

春月や印金堂の木の間より　　蕪村

『蕪村全集』ぶそん・1716－83

印金堂《いんきんどう》は京都の西、妙光寺にあった開山堂。金箔《きんぱく》で文様を浮かび上がらせた絹地「印金」で内壁が飾られていたという。春の月の光に堂内の印金が妖しく照り映えるかのよう。妙光寺は江戸初期、文化復興の一拠点だった。

畑うつやうごかぬ雲もなくなりぬ　蕪村

『蕪村全集』ぶそん・1716－83

春になれば万物が動き出す。地では人が畑に出て耕し、天では雲が風に乗って流れはじめる。天と地が息を合わせて活動を再開する。冬のいましめから解き放たれて。人類の歴史を振り返れば、春はそんな季節だった。

古河の流《ながれ》を引《ひき》つ種おろし　蕪村

『蕪村全集』ぶそん・1716－83

「種おろし」とは苗代に種籾《たねもみ》を下ろすこと、撒《ま》くこと。田植えに備えた春の農作業である。その苗代の水を、淀川のような古い大河から導いているというのだ。かつて川を軸とした水の流れの体系（システム）があった。

喰《く》ふて寝て牛にならばや桃の花

蕪　村

『蕪村全集』ぶそん・1716－83

食べてすぐ寝ると牛になるという。それを逆手にとった怠惰な生活の勧め。桃の花かげで牛のように寝ていようじゃないか。蟻《あり》のように働くだけが人生ではない。きっと別の生き方もあるはず。東洋のよき伝統だろう。

さくらより桃にしたしき小家哉《かな》

蕪　村

『蕪村全集』ぶそん・1716－83

花ざかりの桃の木、その花かげにある小さな家。この家には桜より桃の花が似合う。蕪村はしばしば小さな家を懐かしがる。それは蕪村の記憶の源にたたずむ家であり、はるか昔に失われた桃源郷の家でもあるだろう。

春の夕《くれ》たえなむとする香をつぐ　　蕪村

『蕪村全集』ぶそん・1716－83

西洋の香水は匂い隠しだが、東洋の香は瞑想《めいそう》のためにある。「燻《くゆ》らせる」という言葉が瞑想の空気をまとうのはそのためだろう。蕪村の句も途絶えようとするのは香とともに瞑想である。幾たびか香を継いで瞑想がつづく。

行春《ゆくはる》や撰者《せんじゃ》をうらむ歌の主《ぬし》　　蕪村

『蕪村全集』ぶそん・1716－83

今年の春もむなしく過ぎてゆくなあ。この「行春や」には勅撰集に入選できなかった歌人の嘆きがこもる。『古今集』以来、勅撰集が編まれるたびに怨嗟《えんさ》の声が漏れた。短歌史の裏面は歌人たちの嘆きで紅《あか》く染まっている。

アメリカの歌声が聞こえる、そのさまざまな賛歌が聞こえる、

ウォルト・ホイットマン

『草の葉』Walter Whitman・1819－92

アメリカは自由と平等に捧《ささ》げられた移民の国だった。十九世紀の国民詩人は労働者、靴屋、帽子屋、農民、母親、妻、娘たちの歌声が国中から聞こえると謳歌《おうか》する。詩集『草の葉』(酒本雅之訳)の「アメリカの歌声が聞こえる」から。

四大空《しだいくう》に帰してはらはら春の雪

和田知子

『幻《げん》　和田知子自選最終句集』わだともこ・1932－

四大とは宇宙を構成する地、水、火、風の四元素。古代仏教の考え方である。四大が納まるところが空すなわち虚空。はらはらと虚空に舞う春の雪を仰ぎながら、そんなことを考えているのだろう。

そよ春立つといふばかりにやみ吉野の山も霞みて今朝は見ゆらん

『梁塵秘抄』

「春立つと」以下は平安前期の歌人、壬生忠岑《みぶのただみね》の歌。立春を迎えただけで白雪深い吉野山もけさは霞《かす》んで見えるだろう。二百年前の和歌に「そーよ」という囃《はや》し言葉を添えるだけで今様に仕立て直す。それこそ今様、今風の歌謡だった。

天の原富士の煙の春の色の霞《かすみ》になびくあけぼのの空

慈　円

『新古今和歌集』じえん・1155－1225

「あけぼの」は明け方。暁《あかつき》から朝へ、闇と光の交差する時間帯である。霞《かす》んだ空になびく富士山の噴煙が日の出の光に春の色に染まっている。「天の原」というとおり荘厳な天上の春景。慈円は鎌倉初期の天台座主。

春はあけぼの商隊更にひむかしへ

中原道夫

『彷徨』なかはらみちお・1951―

マグレブはアフリカの北西、サハラ砂漠西部の国々。「日没するところ」の意味があるという。そこに俳人は『枕草子』冒頭の言葉、しっとりと麗しい「春はあけぼの」をかぶせて隊商のはるかな旅を描く。海外詠を集めた句集『彷徨』から。

鶏の何か言ひたい足つかい

『誹《はい》風《ふう》柳《やなぎ》多《だ》留《る》』

川柳は前句付けから誕生した。この句の場合、「つくりこそすれつくりこそすれ」という七七の題に付けた。「つくる」からコケコッコーと「時を作る」雄鶏《おんどり》を想像する。明け方は威勢よく時を作ったのに、ごらん、昼の恐る恐るの足遣い。

春風のゆくへにも眼《め》をしばたたく

飯田龍太

『童眸《どうぼう》』いいだりゅうた・1920－2007

春風をまぶしんでいるだけのようだが、ある人の受賞を祝う句である。作者がせっかく隠した「句の心」を明らかにすれば、あなたの未来がいよいよ楽しみです。それをはっきりいわず、ここでは春風に託している。

春風や闘志いだきて丘に立つ

高浜虚子

『五百句』たかはまきょし・1874－1959

しばし小説にかまけていた虚子が、俳句に本腰を入れる覚悟をした一句。その歴史的な意義を離れても、駘蕩《たいとう》たる春風の荒々しさ、優しさを描き出している。具体的な場面に発して普遍に達する、それが俳句。

つくしんぼうに遅れて杉菜のにひみどりむらがる畔《あぜ》には踏み入りがたし

一ノ関忠人

『木ノ葉揺落』いちのせきただひと・1956－

土筆《つくし》は杉菜の胞子茎、つまり子どもである。土筆は摘みにゆくが、あとから顔を出す親の杉菜は見向きもされない。杉菜の群生の輝くばかりの明るい緑に圧倒されているのだろう。踏みつけるのが憚《はばか》られるのだ。

恋のうた我には無くて　短歌とふ艶《えん》なる衣まとひそめしが

斎藤史

『秋天瑠璃《しゅうてんるり》』さいとうふみ・1909－2002

恋歌は和歌・短歌の心臓。「艶なる衣」短歌を詠みはじめたはずだったのに私には恋の歌がない。昭和の二・二六事件に父が連座、幼なじみの若者たちは処刑された。残された私に恋を詠むことが許されようか。

命より俳諧重し蝶を待つ

阿部みどり女

『月下美人』あべみどりじょ・1886−1980

俳句は十七拍の詩。「命より大事なものはない」という戦後の価値観からすれば、たわごとにすぎない。しかし俳句は「命より重し」と信じる愚か者によって生きつづけてきた。だからこそ他愛《たわい》ない蝶《ちょう》さえ重大なのだ。

灯台は女神のすがた春光る

成瀬喜代

『東路《あずまじ》』なるせきよ・1927−

江の島ヨットハーバー（神奈川県藤沢市）の突堤のはずれに小さな灯台が立っている。美しい白い灯台である。この句が描くのも、どこかの海辺のそんな灯台だろう。きらめく青い海原に向かって立つ春の女神のようでもある。

女房に惚《ほ》れて家内安全

『武玉川《むたまがわ》』

『武玉川』は江戸中期、川柳が盛んになる前の雑多な俳諧選集。世情の寸評、多数。たとえば、この句、当時、表向きは男中心の儒学の道徳がことやかましくいわれたが、家庭内の実権は相変わらず女が握っていたことがうかがわれる。

立春や朝四時に出る機内食

高橋白崔

『無役』たかはしはくさい・1951－

中国、朝鮮、日本、台湾、ベトナム。東アジアはかつて旧暦で動いていた。立春などの二十四節気も共通。この句、ベトナムへ向かう機中で立春の朝を迎えたのだ。上空には今もかつての旧暦の文化圏が健在である。

最終の「のぞみ」は体をきしませてビルの群れ居る海底に着く　小野雅敏

『アルゴンキン』おのまさとし・1941－

ミッドナイト・ブルー、真夜中の青。魅惑的な色の名前である。いま「のぞみ」の窓をゆっくりと流れてゆくのは海底に林立するかのような高層ビル群。真夜中の青に染まって。昼と異なる東京の表情。

をのづから鶯籠や薗《その》の竹　望一

『伊勢山田俳諧集』もいち・1586－1643

竹藪《たけやぶ》で鶯《うぐいす》が鳴いた。まるで大きな鶯籠じゃないかとおどけている。望一は盲人だった。竹林という大きな鶯籠を目ではなく耳で想像しているのだ。江戸初期の人。伊勢神宮の神楽職に生まれたが、俳諧師となった。

深草の谷のうぐひす春ごとにあはれ昔と音《ね》をのみぞなく

源実朝

『金槐《きんかい》和歌集』みなもとのさねとも・1192－1219

深草は京都の南、鶉《うずら》で知られる歌枕。鎌倉将軍の歌は鶯《うぐいす》の声に昔を偲《しの》ぶ。見どころはまず深草の鶉ではなく鶯であること。次に鎌倉にいて京を想像していること。王朝・中世の歌人は心の中の日本を想像力で旅した。

只《た》だ恐る　夜　深くして　花の睡《ねむ》り去らんことを
故《ゆえ》に高燭《こうしょく》を燃やして　紅粧《こうしょう》を照らさん

蘇東坡

漢詩大系『蘇東坡』そとうば・1036－1101

北宋の詩人、蘇東坡の「海棠《かいどう》」。篝火《かがりび》は東風に揺れ、朧月《おぼろづき》は廊の上。夜更け、海棠の花が眠りに落ちないよう、高い燭台を灯《とも》して紅の花の顔を照らしておこう。濃密な描写を重ねるうちに花は美女に変じてゆく。

「悲恋」をば「ヒコイ」と言ひて美しきバイオリニストは弾き始めたり

吉竹純

『日曜歌集 たび』よしたけじゅん・1948－

日常のささやかな異変が波紋を生む。このバイオリン奏者、誤って「ヒコイ」と読んだのか、わざとか。教養不足か謎かけか。いずれにしても小さな裂け目が奏者の人柄への糸口になる。音楽そのものよりも。

思ひつつ寝《ぬ》ればや人の見えつらむ夢と知りせば覚めざらましを

小野小町

『古今和歌集』おののこまち・生没年未詳

あなたを思いながら眠ったからでしょう、夢でお会いできたのは。もし夢と知っていたら、あのまま目を覚まさずにいたのに。知らないばかりに目を覚まし、あなたも消えてしまった。関係はまだ淡く、思いのみ濃厚。

日本文化史と詩歌

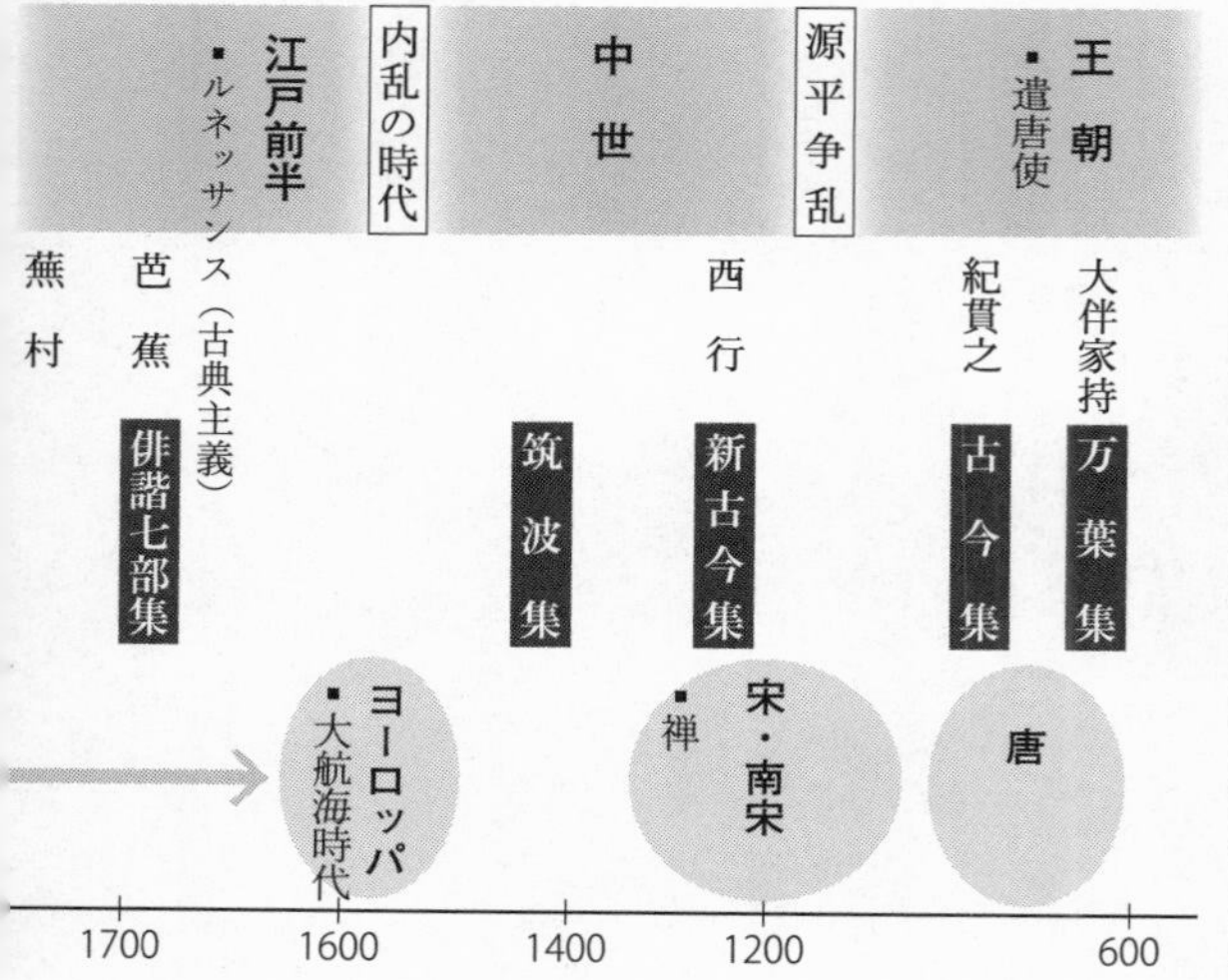

【注】この図表は日本文化史と詩歌の流れを表している。上段は時代区分、中段は詩歌の流れ、下段は日本に影響を与えた海外文化である。最下段は西暦の目盛りをつけた。不等分目盛りである。「源平争乱」「内乱の時代」など時代区分の境目の四角で囲んであるのは時代の転換となったできごとである。

日本文化はその時代ごとに圧倒的な影響を与えた外国文化を消化し作り変えることによって生まれた。いくつか重要な点について解説しておきたい。

①王朝時代の文化は中国唐の豊満華麗な文化の影響のもとに誕生した。この時代の代表的な詩歌選集は『万葉集』と『古今和歌集』である。

②次の中世の文化は宋・南宋の枯淡の文化の影響によって成立した。宋・南宋文化のうち文学上もっとも重要なのは禅の思想である。『新古今和歌集』は禅の影響下に王朝

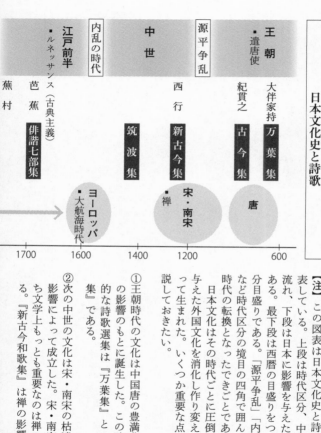

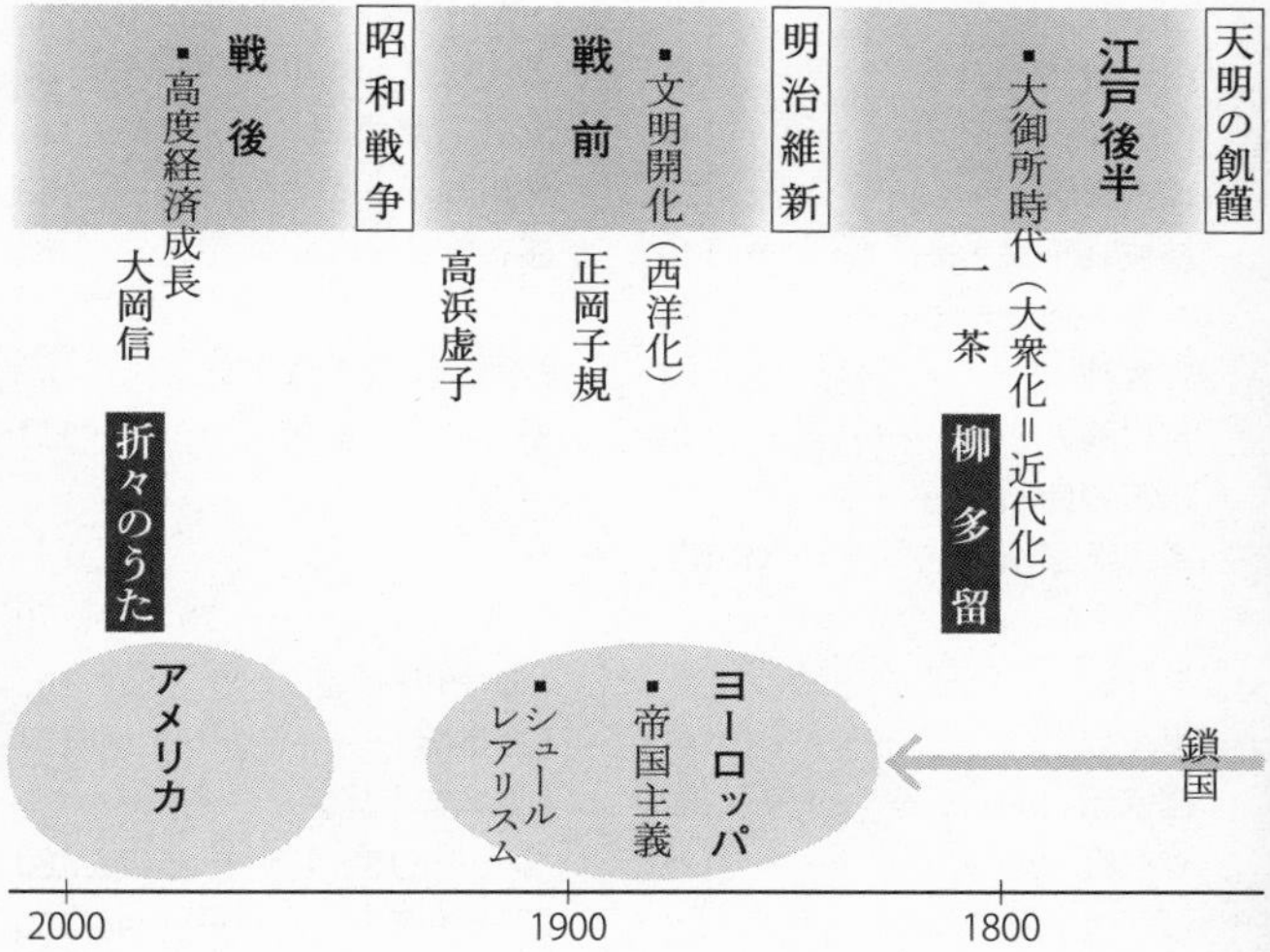

時代の和歌の批評として誕生する。その後、禅の影響を受けた和歌は連歌、連句、俳句へと短縮化の道を進むことになる。

③江戸時代は一色ではない。前半は内乱によって壊滅的な打撃を受けた王朝、中世の古典復興（ルネッサンス）、古典主義の時代である。この時代の代表的な詩人は芭蕉であり蕪村だった。

④江戸時代後半は十一代将軍、徳川家斉の大御所時代（一七八七―一八四一）以降、大衆化が進み、明治維新を待たず近代がはじまっていた。この時代を代表する詩人が一茶である。

⑤明治維新（一八六八年）からは日本の西洋化がはじまった。大御所時代にはじまった近代化の目標が明治維新以後、西洋諸国に定まった。そのうち昭和戦争（一九三八―四五）以前は主にヨーロッパ、以後はアメリカの文化の影響を受けることになった。

ラ行

ワ行

不明

マ行

ヤ行

人名索引

ア行

中公文庫

四季《しき》のうた

——天女《てんにょ》の雪蹴《ゆきけ》り

2021年1月25日　初版発行

著　者　長《は》谷《せ》川《がわ》 櫂《かい》

発行者　松田陽三

発行所　中央公論新社
〒100-8152　東京都千代田区大手町1-7-1
電話　販売　03-5299-1730　編集　03-5299-1890
URL http://www.chuko.co.jp/

DTP　市川真樹子
印　刷　三晃印刷
製　本　小泉製本

Published by CHUOKORON-SHINSHA, INC.
Printed in Japan　ISBN978-4-12-207021-9 C1192

各書目の下段の数字はＩＳＢＮコードです。978－4－12が省略してあります。

中公文庫既刊より

は-65-1
俳句の宇宙　長谷川　櫂
十七文字という短い言葉以前に成立する「場」に注目した、現代俳句を考える上で欠くことができない記念碑的著作。サントリー学芸賞受賞。〈解説〉三浦雅士
205814-9

は-65-2
古池に蛙は飛びこんだか　長谷川　櫂
蛙は本当に飛びこんだのだろうか。古池の一句の真実とともに、数々の名句について詳述。芭蕉はこんなにも面白いのかと驚きにあふれる一冊。〈解説〉川本三郎
205837-8

は-65-3
四季のうた　微笑む宇宙　長谷川　櫂
当代を代表する俳人とともに読み解く名句、名歌、名詩の数々。読売新聞に連載された詩歌コラム「四季」の二〇一三年四月から一年分を収録。
206241-2

は-65-4
四季のうた　文字のかなたの声　長谷川　櫂
読売新聞に連載されたコラム「四季」の二〇一四年四月から一年分を収録。当代きっての俳人の簡潔で味わい深い解説によって「うた」はいっそう輝きを増す。
206336-5

は-65-5
四季のうた　想像力という翼　長谷川　櫂
詩歌の言葉を探すとき、心は想像力という翼に抱かれて時空に遊んでいる。読売新聞に連載されたコラム「四季」の二〇一五年四月から一年分を収録。
206504-8

は-65-6
四季のうた　至福の時間　長谷川　櫂
一片の詩は一杯のコーヒーに似ている。浮き世を忘れてしばし別世界に心を遊ばせる。読売新聞に連載中のコラム「四季」の二〇一六年四月から一年分を収録。
206673-1

は-65-7
四季のうた　普段着のこころ　長谷川　櫂
詩歌は人々の心が和み、寛ぐものでありたい。名句、名歌は普段着の心でできている。読売新聞に連載中のコラム「四季」の二〇一七年四月から一年分を収録。
206814-8

た-30-7
台所太平記
谷崎潤一郎
若さ溢れる女性たちが惹き起す騒動で、千倉家のお台所はてんやわんや。愛情とユーモアに満ちた筆で描く抱腹絶倒の女中さん列伝。〈解説〉阿部　昭
200088-9

た-30-10
瘋癲《ふうてん》老人日記
谷崎潤一郎
七十七歳の卯木は美しく驕慢な嫁颯子に魅かれ、変形的間接的な方法で性的快楽を得ようとする。老いの身の性と死の対決を芸術の世界に昇華させた名作。
203818-9

た-30-11
人魚の嘆き・魔術師
谷崎潤一郎
愛親覚羅氏の王朝が六月の牡丹のように栄え耀いていた時分——南京の貴公子の人魚への讃嘆、また魔術師と半羊神の妖しい世界に遊ぶ。〈解説〉中井英夫
200519-8

た-30-13
細雪（全）
谷崎潤一郎
大阪船場の旧家蒔岡家の美しい四姉妹を優雅な風俗・行事とともに描く。女性への永遠の願いを〝雪子〟に託す谷崎文学の代表作。〈解説〉田辺聖子
200991-2

た-30-18
春琴抄・吉野葛
谷崎潤一郎
美貌と才気に恵まれた盲目の地唄の師匠春琴。その弟子佐助は献身と愛ゆえに自らも盲目となる——代表作『春琴抄』と『吉野葛』を収録。〈解説〉河野多恵子
201290-5

た-30-19
潤一郎訳　源氏物語　巻一
谷崎潤一郎
文豪谷崎の流麗完璧な現代語訳による日本の誇る古典。日本画壇の巨匠14人による挿画入り絵巻。本巻は「桐壺」より「花散里」までを収録。〈解説〉池田彌三郎
201825-9

た-30-20
潤一郎訳　源氏物語　巻二
谷崎潤一郎
文豪谷崎の流麗完璧な現代語訳による日本の誇る古典。日本画壇の巨匠14人による挿画入り。本巻は「須磨」より「胡蝶」までを収録。〈解説〉池田彌三郎
201826-6

た-30-21
潤一郎訳　源氏物語　巻三
谷崎潤一郎
文豪谷崎の流麗完璧な現代語訳による日本の誇る古典。日本画壇の巨匠14人による挿画入り絵巻。本巻は「螢」より「若菜」までを収録。〈解説〉池田彌三郎
201834-1

各書目の下段の数字はISBNコードです。978-4-12が省略してあります。

た-30-22
潤一郎訳 源氏物語 巻四
谷崎潤一郎
文豪谷崎の流麗完璧な現代語訳による日本の誇る古典。日本画壇の巨匠14人による挿画入り絵巻。本巻は「柏木」より「総角」までを収録。〈解説〉池田彌三郎
201841-9

た-30-23
潤一郎訳 源氏物語 巻五
谷崎潤一郎
文豪谷崎の流麗完璧な現代語訳による日本の誇る古典。日本画壇の巨匠14人による挿画入り絵巻。本巻は「早蕨」から「夢浮橋」までを収録。〈解説〉池田彌三郎
201848-8

た-30-24
盲目物語
谷崎潤一郎
長政・勝家二人の武将に嫁し、戦国の残酷な世を生きた小谷方と淀君ら三人の姫君の境涯を、盲いの法師が絶妙な語り口で物語る名作。〈解説〉佐伯彰一
202003-0

た-30-25
お艶殺し
谷崎潤一郎
駿河屋の一人娘お艶と奉公人新助は雪の夜駈落ちした。幸せを求めた道行きだった筈が……。芸術とは何かを探求した「金色の死」併載。〈解説〉佐伯彰一
202006-1

た-30-26
乱菊物語
谷崎潤一郎
戦乱の室町、播州の太守赤松家と執権浦上家の確執を史的背景に、谷崎が〝自由なる空想〟を繰り広げた伝奇ロマン（前篇のみで中断）。〈解説〉佐伯彰一
202335-2

た-30-27
陰翳礼讃
谷崎潤一郎
日本の伝統美の本質を、かげや隈の内に見出す「陰翳礼讃」「厠のいろいろ」を始め、「恋愛及び色情」「客ぎらい」など随想六篇を収む。〈解説〉吉行淳之介
202413-7

た-30-28
文章読本
谷崎潤一郎
正しく文学作品を鑑賞し、美しい文章を書こうと願うすべての人の必読書。文章入門としてだけでなく文豪の豊かな経験談でもある。〈解説〉吉行淳之介
202535-6

た-30-29
潤一郎ラビリンスⅠ 初期短編集
谷崎潤一郎
千葉俊二編
官能的耽美的な美の飽くなき追求を鮮烈に描く「刺青」など八篇、反自然主義の旗手として登場した若き谷崎の初期短篇名作集。〈解説〉千葉俊二
203148-7

た-30-30
潤一郎ラビリンスⅡ マゾヒズム小説集 谷崎潤一郎 千葉俊二編
「饒太郎」「蘿洞先生」「続蘿洞先生」「赤い屋根」など五篇。自らマゾヒストを表明した饒太郎、そのきわめて秘密の快楽の果ては……。〈解説〉千葉俊二
203173-9

た-30-31
潤一郎ラビリンスⅢ 自画像 谷崎潤一郎 千葉俊二編
神童と謳われた少年時代、青春の彷徨、精神主義からの堕落、天才を発揮し独自の芸術を拓く自伝的作品「異端者の悲しみ」など四篇。〈解説〉千葉俊二
203198-2

た-30-32
潤一郎ラビリンスⅣ 近代情痴集 谷崎潤一郎 千葉俊二編
上州屋の跡取り巳之介はお才に迷い、騙されても欺れてもこりずに追い求める。谷崎描く究極の情痴の世界「お才と巳之介」ほか五篇。〈解説〉千葉俊二
203223-1

た-30-33
潤一郎ラビリンスⅤ 少年の王国 谷崎潤一郎 千葉俊二編
子供から大人の世界へ、現実から夢へと越境する少年を描いた秀作。「小僧の夢」「二人の稚児」「小さな王国」「母を恋ふる記」など五篇。〈解説〉千葉俊二
203247-7

た-30-34
潤一郎ラビリンスⅥ 異国綺談 谷崎潤一郎 千葉俊二編
谷崎の前半生を貫く西洋崇拝を表す「独探」、白楽天や蘇東坡の漢詩文以来の物語空間を有する西湖を舞台に描く「西湖の月」等六篇。〈解説〉千葉俊二
203270-5

た-30-35
潤一郎ラビリンスⅦ 怪奇幻想倶楽部 谷崎潤一郎 千葉俊二編
凄艶な美女による凄惨な殺人劇「白晝鬼語」ほか、日本探偵小説の先駆的作品ともいえる、怪奇・幻想の世界を描く五篇を収める。〈解説〉千葉俊二
203294-1

た-30-36
潤一郎ラビリンスⅧ 犯罪小説集 谷崎潤一郎 千葉俊二編
日常の中に隠された恐しい犯罪を緻密な推理で探る「途上」、犯罪者の心理を執拗にえぐり出す「或る罪の動機」など、犯罪小説七篇。〈解説〉千葉俊二
203316-0

た-30-37
潤一郎ラビリンスⅨ 浅草小説集 谷崎潤一郎 千葉俊二編
谷崎が幼児期から馴染んだ東京の大衆娯楽地、浅草。芸術論に明け暮れ、猥雑な街に集う画家や歌唄い達の哀歓を描く「鮫人」ほか二篇。〈解説〉千葉俊二
203338-2

各書目の下段の数字はISBNコードです。978-4-12が省略してあります。

た-30-38
潤一郎ラビリンスⅩ 分身物語
谷崎潤一郎
千葉俊二 編
芸術的天才の青野とその天分を羨やむ大川の話、Aは善の、Bは悪の小説家。又は西洋と東洋など自己の内なる対立と照応を描く三篇。〈解説〉千葉俊二
203360-3

た-30-39
潤一郎ラビリンスⅪ 銀幕の彼方
谷崎潤一郎
千葉俊二 編
映画という芸術表現に魅了されその発展に多大な期待を寄せた谷崎。「人面疽」「アヹ・マリア」他、映画に関するエッセイ六篇を収録。〈解説〉千葉俊二
203383-2

た-30-40
潤一郎ラビリンスⅫ 神と人との間
谷崎潤一郎
千葉俊二 編
小田原事件を背景に、谷崎・佐藤・千代夫人の関係を虚構を交えて描く「神と人との間」ほか、「既婚者と離婚者」「鶴唳」を収める。〈解説〉千葉俊二
203405-1

た-30-41
潤一郎ラビリンスⅩⅢ 官能小説集
谷崎潤一郎
千葉俊二 編
恋愛は芸術である――人間の欲望を束縛する社会の制約をはぎ取って官能の熱風に結ばれる男と女の物語「熱風に吹かれて」など三篇。〈解説〉千葉俊二
203426-6

た-30-42
潤一郎ラビリンスⅩⅣ 女人幻想
谷崎潤一郎
千葉俊二 編
思春期を境に生ずる男女の美の変化、天成の麗質に研きをかける女性的美への倦むことのない追求を描く「女人神聖」「創造」「亡友」。〈解説〉千葉俊二
203448-8

た-30-43
潤一郎ラビリンスⅩⅤ 横浜ストーリー
谷崎潤一郎
千葉俊二 編
〝美しい夢〟の世界を実現すべく映画制作に打ち込む主人公を描く「肉塊」。横浜時代の暮しぶりを回想したエッセイ「港の人々」の二篇。〈解説〉千葉俊二
203467-9

た-30-44
潤一郎ラビリンスⅩⅥ 戯曲傑作集
谷崎潤一郎
千葉俊二 編
〝読むための戯曲〟として書いた二十四篇のうち「恋を知る頃」「恐怖時代」「お国と五平」「白狐の湯」「無明と愛染」の五篇を収める。〈解説〉千葉俊二
203487-7

た-30-45
歌《うた》々《うた》板《はん》画《が》巻《かん》
谷崎潤一郎 歌
棟方志功 板
文豪谷崎の和歌に棟方志功が「板画」を彫った二十四点に、挿画をめぐる二人の愉快な対談をそえておくる。芸術家ふたりが互角にとりくんだ愉しい一冊である。
204383-1

た-30-46
武州公秘話
谷崎潤一郎
敵の首級を洗い清める美女の様子にみせられた少年――戦国時代に題材をとり、奔放な着想をもりこんで描かれた伝奇ロマン。木村荘八挿画収載。〈解説〉佐伯彰一
204518-7

た-30-47
聞書抄《ききがきしょう》
谷崎潤一郎
落魄した石田三成の娘の前にあらわれた盲目の法師。彼が語りはじめたこの世の地獄絵巻とは。菅楯彦による連載時の挿画七十三葉を完全収載。〈解説〉千葉俊二
204577-4

た-30-48
月と狂言師
谷崎潤一郎
昭和二十年代に発表された随筆に、「疎開日記」を加えた全七篇。空爆をさけ疎開していた日々のなかできれぎれに思いかえされる風雅なよろこび。〈解説〉千葉俊二
204615-3

た-30-49
谷崎潤一郎＝渡辺千萬子 往復書簡
谷崎潤一郎
渡辺千萬子
複雑な谷崎家の人間関係の中にあって、作家晩年の私生活と文学に最も影響を及ぼした女性との往復書簡。「文庫版のためのあとがき」を付す。〈解説〉千葉俊二
204634-4

た-30-50
少将滋幹《しげもと》の母
谷崎潤一郎
母を恋い慕う幼い滋幹は、宮中奥深く権力者に囲われた母の元に通う。平安文学に材をとった谷崎文学の傑作。小倉遊亀による挿画完全収載。〈解説〉千葉俊二
204664-1

た-30-52
痴人の愛
谷崎潤一郎
美少女ナオミの若々しい肢体にひかれ、やがて成熟したその奔放な魅力のとりことなった譲治。女の魔性に跪く男の惑乱と陶酔を描く。〈解説〉河野多恵子
204767-9

た-30-53
卍（まんじ）
谷崎潤一郎
光子という美の奴隷となった柿内夫妻は、卍のように絡みあいながら破滅に向かう。官能的な愛のなかに心理的マゾヒズムを描いた傑作。〈解説〉千葉俊二
204766-2

た-30-54
夢の浮橋
谷崎潤一郎
夭折した母によく似た継母。主人公は継母への憧れと生母への思慕から二人を意識の中で混同させてゆく。谷崎文学における母恋物語の白眉。〈解説〉千葉俊二
204913-0

各書目の下段の数字はISBNコードです。978－4－12が省略してあります。

た-30-55
猫と庄造と二人のをんな
谷崎潤一郎
猫に嫉妬する妻と元妻、そして女より猫がかわいくてたまらない男が繰り広げる軽妙な心理コメディの傑作。安井曾太郎の挿画収載。〈解説〉千葉俊二
205815-6

た-91-1
俳句の五十年
高浜虚子
子規との出逢い、漱石との思い出、のちに俳風をめぐり対立した畏友、碧梧桐への敬愛。迷走と模索をし続けた日々を振り返る。〈解説〉岸本尚毅
206626-7

た-91-2
芭蕉
高浜虚子
近代俳句の巨匠虚子が近世の巨人芭蕉を論じる。芭蕉の句を談林風、主観句、客観句の三種類に分け、作風の変化を分析、さらに門人を評釈。〈解説〉岸本尚毅
206898-8

ま-17-11
二十世紀を読む
丸谷才一
山崎正和
昭和史と日蓮主義から『ライフ』の女性写真家まで、皇女から匪賊まで、人類史上全く例外的な百年を、大知識人二人が語り合う。〈解説〉鹿島茂
203552-2

ま-17-12
日本史を読む
丸谷才一
山崎正和
37冊の本を起点に、古代から近代までの流れを語り合う。想像力を駆使して大胆な仮説をたてる、談論風発、実に面白い刺戟的な日本および日本人論。
203771-7

ま-17-13
食通知つたかぶり
丸谷才一
美味を訪ねて東奔西走、和漢洋の食を通して博識が舌上に転がすは香気充庖の文明批評。序文に夷齋學人・石川淳、巻末に著者がかつての健啖ぶりを回想。
205284-0

ま-17-14
文学ときどき酒　丸谷才一対談集
丸谷才一
吉田健一、石川淳、里見弴、円地文子、大岡信ら一流の作家・評論家たちと丸谷才一が杯を片手に語り合う。最上の話し言葉に酔う文学の宴。〈解説〉菅野昭正
205500-1

ま-17-9
文章読本
丸谷才一
当代の最適任者が多彩な名文を実例に引きながら文章の本質を明かし、作文のコツを具体的に説く。最も正統的で実際的な文章読本。〈解説〉大野晋
202466-3